KB234973

열심히 사랑하고 있습니까

열심히 사랑하고 있습니까

제1판 1쇄 인쇄 2011. 1. 14
제1판 1쇄 발행 2011. 1. 20

지은이 | 정윤선
펴낸이 | 윤세빈
펴낸곳 | 씽크뱅크
주소 | 서울시 마포구 합정동 427-6 2층
전화 | (02)3143-2660 팩스 | (02)3143-2667
E-mail | thinkbankb@naver.com
출판등록 2006년 11월 7일 제396-2006-79호

ISBN 978-89-92969-28-4 03810

＊책값은 뒤표지에 있습니다.

열심히 사랑하고 있습니까

• 정윤선 지음 •

씽크뱅크

나는 낯을 가리는 아이였다.

웃음 한 번에도, 부끄러움 한 번에도 얼굴이 새빨개져서 고개를 들지 못하는 아이. 그래서 얼굴 내놓고 입을 열어 말하기보다는, 하얀 종이를 빽빽하게 채워가는 끄적거림이 더 편했던, 더 자연스러웠던 아이였다. 하지만 언젠가부터 글을 쓰지 않고서는 시간을, 기억을, 사람을 견뎌내는 일이 힘들어졌으니, 내게 '글을 쓴다는 것'은 참으로 오랜 족쇄인 동시에 만병통치약이 되어버린 셈이다.

기억력이 좋은 편이 아닌데도 이상하리만치 사람과 이어져 있는 그때의 시간, 장소, 색깔, 냄새, 촉감 같은 건 아주 오랜 시간이 지나도 너무나 선명하게 기억해내는 예민한 '병증' 탓에 어쩌면 써야 할 이야기가 더 많았던 것 같다. 지나고 보니 그 모든 과거의 중심에는 항상 '사람'이 있었고, '온기'가 있었고, 그 한 켠에 따뜻함을 시기하는 '차가운' 마음도 어김없이 있었다.

나이를 먹어가면서 사는 일이 절대 만만치 않다는 걸 알아간

다. 아니, 배워가고 있다. 앞만 보고 달리는 사람들 속에서 기억
과 시간이 딜레마이자 사는 이유가 되는 나 같은 사람이 비단
나 혼자만은 아닐 거라는 생각으로 느리게 느리게 이 책을 채워
갔다.

한때는 너무 뜨거워서 머리부터 발끝까지 빨갛게 타버릴 것만
같았고, 한때는 가슴이 시리도록 퍼렇게 멍이 들어서 싸늘하게
식어버릴 것만 같았던, 내게만 특별할 것 같던, 내게만 아팠을 것
같던 그 시간들도 결국은 거기 서 있던 당신에게도 똑같이 다가
왔을 거라는 것을…

"그러니 우리 모른 척 고개 돌리지 말아요.
이젠 내가 먼저 다가가 뜨겁게 뜨겁게 안아줄게요."

외로운 모든 것들, 여리고 여려서 아프기만 한 모든 이들에게
이 책이 잠시라도 위로가 될 수 있기를 바라며…

2010년 11월, 춥지만 따뜻한 계절을 기다리며…
정윤선

Contents

PART 01

나쁘거나 혹은 그립거나

조그마한 가게 안이 세상 전부인 줄 알았던 그 시절엔,
동전 백 원으로 살 수 있는 군것질거리가
조막만한 열 손가락 안에 그득 차곤 했었다.

당신을 담고

비가 오면 찰랑찰랑 빗물을 담고,

꽃이 지면 바람에 떠밀려 사뿐히 내려온 꽃잎을 담고,

눈이 내리면 소복소복 쌓이는 하얀 눈꽃을 수북이 담고,

여린 싹이 수줍게 작은 머리를 내밀면

물기 털어낸 따끈따끈한 햇살을 반짝반짝 담는다.

처음부터 비어 있었던 것처럼
오래도록 준비하고 있었던 것처럼
반가이 당신을 맞을 채비를 한다.

빗물 같은,
꽃잎 같은,
눈꽃 같은,
햇살 같은,
당신이 내게로 와 가만히 담긴다.
한 겹 한 겹 쌓여 차곡차곡 나를 채운다.

아무것도 아니었던 빈 항아리 같던 내가
당신을 담고
서서히 세상에 담긴다.
비로소 무엇이 된다.

목마를 탄다

예닐곱 살 무렵 언니 오빠가 모두 학교에 가고 난 오후에는 엄마 옆에서 배 깔고 엎드린 채로 색칠공부를 하거나 색종이를 접곤 했었다.

그러다 살금살금 졸음이 쏟아질 때쯤 창문 밖에서 낭랑하게 동요 소리가 울려 퍼지면 벌떡 일어나 집 밖으로 부리나케 뛰쳐나갔다.

커다란 리어카에 빨갛고 노란 목마를 태운 할아버지가 일주일에 한두 번 동네에 출현하는 날이면 아침나절엔 보이지도 않던 꼬맹이들까지 골목으로 쏟아져 나왔고, 다들 고사리 같은 손에 백 원짜리 동전 하나씩 꼬옥 쥐고선 목마 앞에 줄지어 서서 자기 차례가 오기를 기다렸다.

목마 할아버지가 겨드랑이 밑에 손을 넣어 '영차~' 하며 번쩍 안아 목마 위에 앉혀 주면 '나비야'부터 '퐁당퐁당'까지 알고 있는 동요는 죄다 따라 불러댔었다.

유난히 노란색을 좋아했던 아이는 고집스레 한참을 기다려 기어코 올라탄 리어카 위 노란 목마 위에서 어깨를 들썩거리고 발을 툭툭 치며 한껏 흥을 내었다. 있지도 않은 고삐를 빈손으로 잡는 흉내를 내고 있으면 단숨에라도 동네 골목골목을 달려 집 뒤의 작은 동산 위까지 한달음에 올라갈 수 있을 것만 같았다.

한남동 어디쯤인가에서 마주한 놀이터 안의 노란 목마는 선뜻 올라타기에는 너무 작고 연약해 보였다. 저 스프링 위에서 제자리 뜀을 한다 해도 시간을 되돌려 그때 그 소녀로 돌아갈 수 없는 내가 목마 옆 비에 젖어 있는 담배 꽁초만큼이나 낯설었다면, 그저 어른의 하릴없는 투정쯤으로 한번쯤은 받아주어도 괜찮지 않을까.

목마를 탄 소녀도 목마를 끌던 할아버지도 집 앞 꽃밭 안에까지 내려앉아 메아리치던 동요 소리도 이미 너무 오래도록 보이지도 들리지도 않게 되었지만, 그래도 아이들은 저 노란 목마 위에서 노란 풍선 같은 꿈을 꾸겠지. 목마 위에서 새처럼 콩닥거리던 심장은 그렇게 내 것이었다가 너희들 것이 되는 것이겠지.

이름표

이 아이의 이름은 '마틸다' 인가 봅니다.

영화 속 그가 사랑했던 그녀의 이름이었던가요?

이름을 지어주고, 이름표까지 꽂아준 이 화분의 주인은 물을 줄

때마다 나지막하게 이 이름을 불러주곤 하겠죠?

초등학교 1학년, 왼쪽 가슴에는 내 이름 석자가 쓰여진 노란색

이름표와 그 바로 뒤로 하얀 가제 수건이 매달려 있었습니다. 옛

날 할머니들이 발음이 어려워 '거즈' 를 '가제' 로 부르게 된 실로

엮은 가볍고 부드러운 손수건 말이에요.

그나저나 그 손수건으로든 소매 끝으로든 코를 훔친 기억은 없는 걸 보면 그래도 '코흘리개' 소리는 듣지 않았던 모양입니다.

가족 말고, 동네 소꿉놀이 친구 말고 내 이름이 처음 불려진 건 아마 초등학교 입학식 때였을 겁니다. 지금도 그렇지만 그때에도 난 집중을 잘 하지 못했던 것 같아요. 처음 만난 옆 짝꿍과 무슨 할 얘기가 그리 많다고 선생님께서 내 이름을 부르시는 것도 듣지 못해 교실 밖 창문으로 날 쳐다보시던 엄마에게 들켜, 집에 가는 길에 조금 혼도 났었답니다.

아무것도 몰랐던 여덟 살배기 1학년짜리가 머리가 굵어지면서 이름을 불러주는 사람들은 점점 늘어났고, 나 역시 외워야 할 이름들이 너무 많아져 새 학기가 돌아올 때마다 혹시라도 잊어버리기라도 할까 수첩 빼곡히 친한 순서대로 적어 놓는 것이 나름 연례행사였습니다.

가슴에 매달린 너의 이름 한번 보고, 다시 네 얼굴 한번 보고 나도, 당신들도 누군가를 마음에 담는 그림은 그렇게 그리기 시작했을 테지요.

지금 내 가슴에도 언젠간 당신이 불러줄 이름표가 매달려 있습니다. 눈에 보이지 않는다 고개 돌리진 말아요. 당신이 나를 알아봐주는 순간, 이 이름표는 선명하게 내 이름을 당신에게 말해줄 테니까요.

일부러 외우지 않아도 기억하게 되는 이름이 되면, 그때 이 이름표를 뗄게요.

갈증

뜨거운 여름,

태양이 쏜 화살이 너무 따가워

오후의 분수대 앞에 털썩 주저앉았습니다.

한참을 기다려도

물을 뿜어내지 않는 분수는

여름이 온 걸 모르는 걸까요?

마치,

내 앞에선 한 방울도 울어주지 않던 당신 같습니다.

갈증 2

보고 싶은데

만날 수 없어서

조를 수도 없어서

내내 코끝에서부터

발가락 끝까지

목이 말라...

가방

커다란 여행가방을 꺼냈습니다.

며칠 뒤면 수술해야 하는 당신이

병원에 입원할 때 가져가야 할

옷가지를 넣을 가방이 필요하다 했었죠.

풀빛 닮은 저 가방을 들고

병원으로 들어가야 할 당신이

내 마음 가장자리에서부터 저려오더니

이내 아파 죽겠습니다.

비 오는 날 이런 가방을 꺼내는 것은
참으로 못할 짓입니다.
하고 싶지 않은 짓입니다.

봄날 오후의 소풍을 꿈꿨고
여름이 오기 전에 기차여행도 꼭 가자 했었는데
이미 여름은 와버렸고
가을이 와도 당신과 함께
집을 나설 수 있을지 그것마저 모르겠어요.

건네주고 싶지 않은 건,
이 가방만이 아닙니다.
앞으로 당신에게 머무를
통증과 그 오랜 시간들이
차라리 내 것이었으면 좋겠다고.

오늘,
나에게 초록색은
슬픈 색입니다.

기억의 처음

새로 이사간 동네는 시장 근처에 있었다. 초등학교 2학년이 된 언니가 학교에 간다며 운동화를 신고 집을 나서자, 다섯 살 아래 동생은 무작정 제 신발을 꿰어 신고는 앞서 가는 언니의 등에 매달린 빨간 책가방만 쳐다보며 졸졸 따라갔다.

매일 아침마다 대문 밖으로 사라지는 언니가 가는 곳이 궁금했을까. 그렇게 집을 나서 시장 어귀를 지나 도착한 학교 정문에서 언니는 집에 잘 가라는 말만 남기고 학교 안으로 사라졌고, 네 살짜리 조그만 계집아이는 철창으로 된 커다란 문 앞에서 집으로 돌아가는 길을 잃었다.

동생을 데려다 주고 오라는 선생님 말씀을 흘려 들은 언니와 닫힌 문 앞에서 영문도 모르고 돌아섰을 동생. 내 생애 가장 처음의 기억은 그렇게 시작됐다.

낯선 동네의 복잡한 시장 안을 헤매다 만난 마음씨 좋은 슈퍼마켓 주인아주머니의 등에 업혀, 아주머니가 손에 쥐여준 과자 한 봉지로 울지도 않고 그렇게 몇 시간을 보내다 도착한 곳이 파출소였다. 연락을 받고 급히 파출소로 들어선 엄마를 보고도 말똥말똥 쳐다보며 칭얼거리지도 않고, 오히려 바로 옆에서 엄마를 잃어버리고 울먹거리던 또래 아이에게 선뜻 과자를 봉지째 건네주기까지 했던 맹랑한 구석이 있던 걸 보면 지금의 겁 많은 나는 그때 그 아이와 전혀 다른 사람인 것만 같다.

생애 첫 기억이 미아가 될 뻔한 사건이었다는 건, 그만큼 충격적이었기 때문인 걸까. 길을 잃어버린다는 것만큼 막막한 것은 없다. 가족의 얼굴을 선명하게 인지하지도 못했을 그 나이에 그날의 아침이 당신들과의 마지막이 되었었다면, 나는 과연 당신들을 찾아낼 수 있었을까... 자신할 수 없다.

사는 내내 늘 네 살의 기억이 무의식적으로 머릿속을 휘저었다. 갈림길에 설 때마다 그 기억은 두려움과 동시에 안도감으로 다가왔고, 그래서 무언가를 잃어버린다는 것은 내게 있어 그저 그런 건망증이나 버릇처럼 쉽게 용납할 수 있는 형태의 것이 아니었다. 시간을 확인하고, 위치를 확인하고, 어제를, 오늘을 확인하고, 그렇게 사람을 확인해야만 안심을 했던 나는 늘 조바심 속에서 종종거리며 돌아다녔다.

잃어버린다는 것은 결국 잊어버리는 것이다.
눈앞에서 사라지는 모든 것에 대해 우리는 어디까지, 언제까지 기억해낼 수 있을까. 기억하는 모든 것이 정말로 사실과 같을까에 대해 그 누구도 자신해서는 안 된다는 것을 살아오면서 수없이 부딪혀왔고 겪어오며 알게 되었다. 아니 알아버렸다.

내가 기억하는 너와, 네가 기억하는 너는 같은 사람일까.
네가 기억하는 나와, 내가 기억하는 나 역시 같은 사람이었을까.
조작하지 않아도 저절로 조작되어지는 기억이 있다.
잊어서가 아니다, 잊혀져서가 아니다…
마음이 점점 무뎌지기 때문이다.
새로운 기억이 당신 위에 얹어져서 자꾸만 당신을, 그 기억을 꾹꾹 눌러 납작하게 만들어버리기 때문이다.

사람과 사람 사이에 또 다른 사람이 있고, 그때마다 기억의 처음에서 점점 멀어지게 될 것을 우리는 받아들여야 한다. 서로의 기억이 다르다 해도 싹둑, 잘라내지 않는 한 편집된 기억이라도 '내 것'이 남아 있다면 버틸 수 있는 거다. 지금껏 그렇게 당신도, 나도 버텨내고 있는 것이다.

나는 아직 그래요

돌아오는 어떤 날.
그리고 돌아오는 또 다른 어떤 날의 그 다음날.

새로운 사람을 만나고
오래된 사람들을 만난다.

낯설지 않기를,
억지로 웃게 되는 일이 없기를,
조금은 날 행복하게 해주기를,
무엇보다 그 누군가가 떠오르지 않기를.

알고 있나요?
돌처럼 굳어버린 나에게
당신보다 더 좋은 사람,
당신보다 더 나쁜 사람,
아직은 없다는 걸.

그네를 타고

모래 위로 발을 굴러 땅에서 멀어지면,
바람 위로 발을 굴러 하늘로 올라가겠죠.

이렇게 잠시라도
당신에게 가는 나를
힘껏
밀어주세요.

닮은꼴

초등학교 4학년 때까지 살았던 열 여덟 평 연립주택, 우리 집 현관 신발장 위에는 봄여름가을겨울 사계절 내내 항상 '못난이 삼형제'가 터줏대감처럼 앉아 있었다.

그 '못난이 삼형제'처럼 에누리 없이 딱 셋이었던 우리 삼 남매. 울보 인형은 별명이 '수도꼭지'였던 언니가, 활짝 웃고 있는 인형은 '똘똘이 스머프' 같았던 오빠가, 그리고 얼굴 가득 빨갛게 심통이 나 있는 심술 인형은 늘 떼쟁이였던 막내, 나였다.

여름 밤 이불을 뒤집어쓴 채 〈전설의 고향〉 속 소복 입은 귀신을 보며 비명을 질러대고, 포대자루를 깔고 앉아 뒷산 언덕을 미끄럼 타고 내려오던 눈 쌓인 겨울에도 우린 늘 셋이 함께였고, 그래서 부러울 것 없이 든든했다.

한때 미술선생님으로부터 미대에 가보지 않겠냐는 말을 들을 정도로 늘 언니와 오빠의 숨은 밤샘작업으로 완성되었던 내 미술 과제는, 지금은 책장 한 켠에 두고 가끔씩 꺼내 보는, 돈 주고도 살 수 없는 보물이 되었다.

이사를 가면서 잃어버렸던 '못난이 삼형제'를 두고두고 속상해 하다가 몇 해 전 인사동 어느 옛날 장난감 가게에서 마주하던 날, 마치 우리 인형을 찾은 것처럼 자랑을 했던 건 새삼 그 오랜 기억 이 그리워서였다.

그때의 곱절 이상으로 나이를 먹은 지금, 각각 다른 공간에서 다른 생각을 하며 살고 있어도 과거의 나를 습관처럼 기억해주고 있는 그들이 있어 참 많이 위안이 된다는 걸.

울고 웃고 화내고 서로 다른 세 가지 그 이상의 표정을 하고 있어
도 '못난이 삼형제'가 다른 이름으로 불리지 않는 것처럼 우리
셋 역시 닮은꼴로 늘 함께 불려질 수 있어서 감.사.해.

숨바꼭질

아무리
목을 길게, 길게 빼내어도
도통 보이질 않아요.

내가 찾을 수 없는 곳으로
꼭꼭 숨어버렸나요?

머리카락 한 올까지도.

나쁘거나 혹은 그립거나

조그마한 가게 안이 세상 전부인 줄 알았던 그 시절엔,

동전 백 원으로 살 수 있는 군것질거리가

조막만한 열 손가락 안에 그득 차곤 했었다.

난간도 없이 구름다리 같던 기찻길을

아침저녁 걸어 다니며 모은 등하굣길 버스비로

일주일에 한번 세 살 터울의 오빠와 여동생에게

만찬이 되어준 색색 가지의 불량식품 속에
'아폴로'가 있었고, '쫀드기'가 있었고, '나나'도 있었다.

늘 엄마 몰래, 선생님 몰래 감추고 먹어야 했지만
공범자 역할을 톡톡히 해주던 오빠가 있어
하나도 무섭지 않았던 꼬맹이에게
이젠 서른이 넘어버린 여자가 저 좌판 위에서
과자 하나를 골라 살며시 손에 쥐여준다.

이젠 그 하나하나의 이름들도 옅어져 가고
도심에선 잘 눈에 띄지도 않게 됐지만
이렇게 저 '추억'이라 불리는 '나쁜' 과자를
예고 없이 마주하게 되는 날엔,
두 손 꼭 잡고 조심조심 기찻길을 건너던
두 아이가 보고 싶어져...

들리나요…?

헤드폰을 써도

헤드폰을 벗어도

내게 들리는 건

환청 같은 당신.

당신 귀에도 내가 들리나요…?

미워, 라는 투정에

고마워, 라는 화답.

.

.

.

정말,

밉다.

빨간 신호등

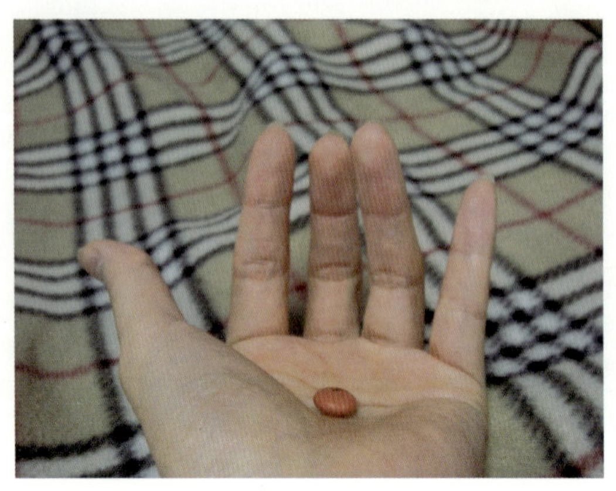

머칠째 계속되는 두통..

내 두통을 걱정해 준 고마운 사람이

빨간 알약 하나를 선물해 주었다.

그,런,데,

다홍빛으로 반짝거리는 알약이 너무 예뻐서

도저히 금세 입 안에 털어 넣을 수 없어

손바닥 위에 올려놓고 한참을 바라보았다.

유난히 잔금이 많은 내 손금 위에서
빨간 신호등이 되어 버린 두통약…

길을 잃고 엉엉 울고 있는 나에게
지금은 위험하다고, 길을 건너면 안 된다고,
그렇게 말을 해주고 있는 것만 같아서
갑자기 눈물이, 핑.. 돌았다.

옛동네

병원에 문병 갈 일이 생겨, 예전에 잠깐 머물렀던 동네를 오랜만에 들렀다.

9년 전쯤, 아니 그보다 조금 더 오래 전.

이 동네는 하나도 안 변했구나…

그저 조금, 아주 약간 눈치채지 못할 정도로만, 투명 우산을 쓴 것마냥 티 나지 않는 변화가 고작 다였다. 병원 창가에서 바라보니 다닥다닥 붙어 있는 계단 위의 집들이 층층이 쌓여 거대한 산을 이루고 있었다. 무엇에 홀리기라도 한 것일까. 병원을 나서면서 아까 창으로 바라본 장면이 자꾸 떠올라 그 동네의 가파른 계단 위를 걸어 올라가기 시작했다.

낡은 계단을 걸어 올라가면 또 다른 골목이 나오고, 그 골목 끝 어디쯤인가에 파란대문이나 초록지붕이 보일 것만 같았다. '빨간 머리 앤'의 그 초록지붕 집은 아니더라도 어느 동화 속에 나오는 수줍은 소녀의 피아노소리가 들릴 것만 같아서 나는 멈추지 않고 위로, 위로 향했다.

'열일곱 그 동네'라는 노래가 있었다. 고등학교 때 라디오에서 처음 그 노래를 듣고는 가슴이 '쿵' 하고 내려앉았더랬다. 맑고 여린 목소리만큼이나 그 노랫말이 너무 예뻐서, 그 노래에 담긴 마음이 너무 간절해서 그대로 내 귀에 못박아 두고 멈추지 않고 듣고 싶었다.

낡은 피아노, 아카시아 꽃 향기, 긴 머리 그 여자애, 기타소리, 하교길, 비 오던 밤, 나의 고백, 열일곱의 꿈이 자란 그 동네…

좋아하는 가수의 노래를 카세트 테이프로 듣던 그때, 더블데크에 공테이프를 넣고는 좋아하는 노래들로만 열심히 녹음을 했던 곡들 중에 분명 이 노래도 있었는데, 지금은 어디로 사라져버렸을까. 너무 오래된 노래라 이젠 구할 수도 없고, 그 이후로 라디오에서도 들을 수가 없어 내게는 늘 목이 마른 노래… 하루 종일 들어도 질리지 않을 것만 같은.

빽빽한 아파트로 가려진 하늘이 아닌 곳, 빗방울이 똑똑 떨어지는 처마 끝이 있고, 하나 둘 세어가며 오르던 돌계단이 있고, 오래 전부터 알아왔던 것만 같은 사람들이 사는 그런 동네에 들어서면 딱 상상했던 만큼의 옛날 냄새가 있다. 열어놓은 창문으로 번져오는 수줍은 아카시아 향기처럼, 비 온 뒤 축축하게 젖어 있는 낡은 지붕 끝에 걸린 애처로운 물방울처럼, 미처 건네지 못하고 뒤돌아서서 내내 아쉬워하던 '말하지 못한 고백'이 그곳엔 있다.

그 동네의 맨 위에까지는 올라가지 못했다. 가장 높은 곳에 올라가고 나면 더 이상 상상할 수 있는, 그리워할 수 있는 것이 아무것도 더는 없을 것만 같아 중간쯤에서 계단을 다시 내려갔다. 눈으로 보고, 손으로 만지고 그렇게 꼭 확인을 해야 하는 것은 아닌 거라고. 때론 채워지지 않는 것이, 남겨두는 것이 더 행복한 거니까.

주문

괜찮다

괜찮다

괜찮다......

주문을 걸고 있는 중이야.

괜찮지 않을까 봐서,

아니면.. 어쩌면…

너무 괜찮아질까 봐서.

너에게 말걸기

처음 휴대폰을 장만하면서 가장 고민했던 것은 '번호'였다.

맨 뒤의 네 자리는 직접 만들어도 된다고 해서 얼마나 고민을 하며 많은 숫자들을 조합했었는지, 번호만 듣고도 바로 내 것이라는 걸 말해주고 싶었던 탓이었다.

결국, 대부분 그러한 것처럼 나 역시 생일을 조합하여 만들었지만, 딴에는 엄청난 소모전을 치른 후에야 결정을 했던 나름의 결과물이었다.

그렇게 지금까지 네다섯 번 정도 휴대폰을 바꾸는 동안 처음의 그 번호는 단 한 번도 바꾼 적이 없다. 내 번호를 기억하고 있을 누군가를 위한, 그리고 내게 전화를 걸고 싶을지도 모를 누군가를 위한, 나 혼자만의 수줍은 기다림인 동시에 어떻게든 지난 인연들을 놓고 싶지 않은 질척거림인 셈이다.

휴대폰을 몇 번씩 바꾸는 동안 미처 연락처를 챙기지 못해 이젠 찾을 수 없게 되어버린 사람들이 있고, 자의든 타의든 내가 그들에게 그랬던 것처럼 어쩌면 그들 역시도 내 번호 같은 건 이미 오래 전에 쓱쓱 깨끗하게 지워버렸는지도 모를 일이다.

여섯 살 때든가 일곱 살 때든가…

집에 처음으로 전화기가 생겼을 때 따르릉 전화벨 소리만 나면 서로 먼저 받겠다고 그 좁은 집 안에서 먼지가 차오르게 달음박질을 했었다.

온통 빨간색이었던 전화기는 드르륵 드르륵 한 바퀴씩 돌려야 하는 다이얼 전화였는데, 드라마 속 어느 장면에서 스치며 본 것은 있었던지 손가락 꼿꼿하게 세워 새침하게 일곱 번을 돌리고 나면 그 작고 여린 손가락이 저릿해지곤 했었다. 수화기를 드는 순간 들리게 될 저편 누군가의 목소리를 확인하기까지 심장에서부터 시작되는 두근거림은 내 목소리까지 떨리게 했다.

벌써 십 년도 넘게 한 번호만 고집하고 있으니 지우고 싶은 번호도, 잊고 싶은 사람도 점점 많아지고 있지만, 귀찮으면서도 모른 척할 수는 없는 이 두 가지 상반되는 마음은 마치 피라도 나눈 혈연관계처럼 끈끈해서 차마 자를 수가 없다.

오늘은 예전처럼 공중전화 부스에 들어가 커다란 수화기에 귀를 대고 당신에게 말을 걸고 싶다. 이왕이면 그저 재빠르게 꾹꾹 번호를 누르기만 하면 되는 전화기보다는 그때처럼 0부터 9까지 열 개의 번호가 적힌 구멍 속에 손가락을 넣고 한 바퀴씩 돌아갈 때마다 당신에게 할 말을 곱씹어 볼 수 있었으면 좋겠다.

한 번쯤은,
너에게 말을 걸기까지 참을성 있게 기다리던
촌스럽던 그때의 나로 돌아가고 싶다.

철컥,

내게 채워진 이 수십 개의 자물쇠 중에서
단 하나라도 열어 주세요.

그 하나가,
당신이면 좋겠습니다

티눈

파내지 않으면 더 깊이 박혀버리는 티눈처럼,

지금 내게서 당신을 파내지 않으면

영영 떼어낼 수 없을 것만 같아.

덧나기 전에,

더 아프기 전에.

너를 손에 쥐고

새 연필깎이가 생겼다.

동그란 입에 뭉뚝해진 연필을 꽉 물고는 돌돌돌 소리를 내더니
어느새 짧게 깎여 말끔해진 연필을 내놓는다.

하나, 둘, 셋, 가지고 있는 연필들을 모두 깎아놓고는
이번엔 색연필을 찾아내 그 동그란 입에 다시 넣으려 했지만,

이 색연필 생각만큼 가냘프질 않아 결국 손으로 깎고 만다.
아니나 다를까, 울퉁불퉁 엉망인 채로 돌아와 버렸다.

학교 들어가기 훨씬 전부터 편지 쓰기를 좋아했던 난,
여기저기 틀린 맞춤법에 글씨 크기는 모두 제각각이었던 편지를
종종 외할머니의 보따리 속에 집어넣어 외삼촌에게 부치곤 했다.

며칠 동안 현관 앞을 서성거리며
외삼촌의 답장을 기다리고 있으면
엄마는 신문지를 펼쳐놓고는 내 연필을 깎아주곤 하셨다.
언니, 오빠의 것까지 족히 열 자루가 넘는 연필들을
스윽 스윽 소리를 내며 뾰족하게 깎아내시는 걸 보고 있자면
조마조마한 마음 한 켠으로 신문지 위로 떨어지는
일정한 크기의 얇은 톱밥들이 그저 신기하기만 했었다.

아버지가 은하철도 999 모양을 한
은색 연필깎이를 사주시기 전까지
그렇게 엄마의 손은 내 연필깎이가 되어 주었다.

초등학교를 졸업하기도 전에 샤프와 볼펜으로 길들여져
연필 같은 건 언제 썼냐는 듯 그렇게 모른 척 잊고 지냈었는데,

요즘 들어 여기저기서 연필을 쓰는 사람들이 눈에 띄게 많아져
어느새 나도 색색의 연필은 물론 연필깎이까지 옆에 두게 된 건
그저 다른 사람들처럼 오랜만에 한번 써보자는 마음만은 아니다.

종이 위에서 사각거리는 소리를 듣고 있으면
손으로 코로 스며드는 엷은 나무 내음이
어쩐지 살짝 매캐하면서도 꼬신 낙엽 태우는 냄새인 것만 같아
나도 모르게 조금씩 설레어 자꾸만 다른 글자를 쓰게 된다.

마치 글자를 처음 배우는 사람처럼
또박또박 아는 이의 이름을 쓰다가,
그리운 사람에서 만나고 싶은 사람의 이름까지
한 줄 한 줄 늘어나면
내가 다시 연필을 쓰고,
잃어버린 내 글씨체를 찾아가고 있는 것처럼
사는 동안에 한번쯤은 잃어버린 당신들을 만나는
행운도 찾아오지 않을는지.

잃어버린 그 시간들도 쓱쓱 지우개로 고쳐 다시 찾을 수 있고,
너무 많이 닳아 이젠 가물가물해지는 추억들도
연필깎이에 넣고 돌리면 새록새록

다시 그때 그 처음 기억에 닿을 수도 있지 않을까.

세상에 없는 말도 연필 한 자루 손에 쥐면

그대로 종이 위에 쓰여져

너에게로 푸드득 날아갈 것만 같은데…

연필(鉛筆) … 반드시 만날 수밖에 없는 인연, 필연(必緣).

내 오랜 그 녀석

열세 살 때 그 아이를 만났었다.
어린아이의 직감도 그런대로 믿을 만했던 걸까.
어쩐지 꽤 오랫동안 좋아하게 될 것 같은 느낌...

가까이

… 정말일까요?

늘 멀리 있다고 생각했던 당신이
실은 그보다 더 가까이 있었던 거라면.

저 무심한 한 줄에 가슴이 콱, 막혀
황급히 고개를 돌리는 나를 보니,

미련입니다… 어쩌지 못하는.

내 오랜 그 녀석

열세 살 때 그 아이를 만났었다.
어린아이의 직감도 그런대로 믿을 만했던 걸까.
어쩐지 꽤 오랫동안 좋아하게 될 것 같은 느낌...

시험에서 틀린 벌로 손바닥 내밀고 서 있던 나 대신
자기가 회초리를 맞겠다 벌떡 일어서던 아이,
내 생일에 친구를 시켜 장미꽃 세 송이를 보내주던 아이,
책상서랍 속에 몰래 넣어 놓은
예쁜 글씨로 꾹꾹 눌러쓴 너의 편지까지,

무수히 많은 단편들로 가득 채운 열세 살이 아직도 너무 생생해
생각만으로도 여전히 가슴이 뛴다.

그랬던 그 아이에게서 완전히 날 추스를 수 있게 된 건,
그 앨 다시 만난 스물 다섯 가을이었다.
참 오래 좋아했고, 절대 변하지 않을 거라 생각했고,
그래서 맹목적으로 기다린 시간이 십 년을 넘어서던 때였다.

첫사랑은 환상으로 지은 집이라는 사실을 그때 인정했다.
사람이 변할 수 있다는 것도 그때 처음 알았다.
눈에 띄게 달라진 겉모습보다도,
더 크게 날 당황하게 만든 건 그 아이의 생각들…
내가 정성스레 그리고 있던 그림은 주황색 토끼가 뛰어다니던
일곱 살 철부지의 상상력이 만들어낸 꿈에 다름 아니었던가 보다.

차라리 만나지 않았다면 좋았을까.
그때까지 너무도 위태롭게 버텨온 첫사랑이었기에
그저 환상을 깨고 싶지 않았던 것뿐이라면,
지금도 가끔씩 널 만나지 않았었더라면…을 바라기도 해.

하지만, 그렇게 다시 만나고 난 후

꿈에서 깨어 현실에 발 디디고 마주한 너는,
이젠 정말 너무 좋은, 편한 친구가 되어 내 앞에 서 있다.

지금은 축구 전문 해설가로 자기 영역에서
열심히 길을 만들어가고 있는 그 애를
가끔씩 스포츠 중계에서 지켜보곤 하지만,
그럴 때마다 참 낯설고 어색하면서도
한편으론 마치 머리 쓰다듬어 주며 키워낸
내 자식이라도 되는 양 뿌듯해지곤 해.

사탕처럼 달콤했고, 다시 만나기까진
다 녹아버린 후 남겨진 빈 막대처럼 늘 목말랐지만,
첫사랑에서 이렇게 평생 친구로
널 기억하고 얘기할 수 있게 되어서
진심으로 감사해...

냄새, 그 기억의 부스러기

오랜만에 광화문에 갔다.

그곳에 가면 종이냄새가 난다. 서고에 오래도록 묵혀 빛이 바랜 황토빛 종이, 종이들… 신문사들 사이사이의 오래된 밥집들도 정겹고, 무엇보다도 신문사가 밀집해 있는 그 동네의 특수성이 가장 마음에 든다.

아버지가 신문사에 계셨던 관계로 어려서부터 신문사는 동경의 대상이었고, 내 꿈 역시 그곳에서 시작될 것을 의심하지 않았었다. 아트홀을 가지고 있던 그 신문사 덕택에 주말이면 가끔 언니, 오빠 손을 잡고 〈모던 타임즈〉, 〈마농의 샘〉, 〈시네마 천국〉 같은 영화를 볼 수 있었다. 영화가 끝나고 나면 밖에서 기다리시던 아버지를 따라 신문사 근처 골목 안으로 들어가 그 시절 이천오백 원 하던, 소스가 맛있었던 경양식 집에서 조잘조잘 쉴 새 없이 떠들며 함빡, 웃어대곤 했었다.

중2때쯤이었던가.

직원 가족을 위해 신문사가 준비한 특별 프로그램으로 신문사 견학을 갔었다. 신문이 어떻게 만들어지고, 어떻게 인쇄되어 나오는지, 그 큰 기계에서 웅웅 소리를 내며 끊임없이 쏟아져 나오던 수많은 신문들… 지하였던 걸로 기억되는 그 공장의 거대함에 그저 '우와' 하며 아이들을 따라 쳐다보고 또 쳐다보았었다.
그렇게 견학을 마치고 찍은 한 장의 사진… 내 기억 속에서 그 시간이 주춤거리며 빠져나가려고 할 때, 그 사진은 그때의 나를 잘 끼워 맞춰 그곳에 놓아준다.

광화문에서 그냥 지나칠 수 없어 바로 옆 삼청동으로 걸음을 옮겼다.
그 해 여름에서 가을로 넘어갈 때쯤이었던 것 같다. 취재 때문에 처음 와봤던 삼청동은 내겐 말할 수 없는 감동의 극치를 안겨다 주었다. 경복궁을 지나, 갤러리들을 지나 그 동네로 들어서면서 온몸에 휘감겨 오던 그 흙 냄새는 아마 잊을 수 없을 거라고…
오늘도 그랬다.

조금은 변한 듯한 풍경이었지만 그때 처음 마주했을 때처럼 여전했고, 그 거리 끝에 무너지듯 안착하고 있는 재즈카페도 그때와 다름없이 잘 살아 있어 주었다.

'삼청동 수제비'에서 감자전과 수제비를 먹고, 시간이 조금 남아 삼청공원 쪽으로 드라이브를 한다. 고즈넉이 자리하고 있는 삼청각을 지나친다. 마치 내가 그곳에 뿌리박혀 있는 것처럼 떠나기가 싫다.

기억을 마주하는 것은, 내겐 늘 가슴이 저린 일이다.
누군가는 과장이라고 말할지도 모르지만, 감정이라는 것이 어느 정도는 부풀어올라 있는 것이 아닐까. 그것이 과장되어 있다 하더라도 내게만은, 그 시절의 그리움이 더해져 있어 행복할 뿐이다.

... 알고 있다.
그들의 코는 아무런 냄새도 감지해내지 못했다는 걸.
하지만 난, 종이냄새를 맡았고, 흙 냄새를 맡았다.
냄새는 현실이 아니라, 기억이다.
다신 재현해낼 수 없는 그 특별한 순간에 대한 그리움이다.

어쩌면, 열 하나

하나, 둘, 셋, 넷, 다섯, 여섯, 일곱, 여덟, 아홉, 열,

그리고 어쩌면 열 하나…

손가락으로 다 꼽을 수 없어

하나를,

버리기로 한다.

내 손가락에서 끝난 집착이

네 손가락에서 시작되면,

빈 주먹 활짝 펼쳐

열 손가락에 꽁꽁 묶인 널 풀어줄게.

아직 녹지 말아요

알아요, 이젠.
금세 녹아버릴 걸.
고작 얼마를 버티겠죠.

이렇게 빨리 녹아버릴 줄 모르고
다시 채워줄 걸로만 알고
오래도록 목이 말랐던 나는
꿀꺽꿀꺽 아낌없이 마셔버렸죠.

알아요…?
얼음이었다가 금세 물이 되어버릴 당신이 겁이 나,
이젠 차라리 내가 먼저 오독오독 씹어먹어
씩씩하게 흔적을 감추어버리고 있는 걸.

마치 그 마음이 가짜였던 것처럼
슬쩍 섞어버리진 말아요.

이 투명한 유리잔처럼
당신 마음이, 난, 다 보이거든요.

스물

계절이 바뀌는 기색이 보이더니 어김없이 뉴스에서 수능에 대한
애기가 흘러나온다. 스무 살을 학원에서 보낸 나는 '스물'이라는
시절을 통째로 잃어버렸다고 늘 억울해 했었다.

캠퍼스가 아닌 곳에서의 스무 살은 초라했고, 우울했고, 아팠다.
특히나 재래시장 한가운데에 자리하고 있었던 학원의 아침, 오
후, 저녁은 시장통 특유의 고함과 닭 울음소리와 목소리 큰 아줌
마들의 싸움… 그리고 그 옆 동네 캠퍼스의 화려한 축제로 내내
어깨를 펼 수 없는 그림을 그려댔었다.

엄청난 무력감으로 학원에서의 입학식을 겨우 치른 첫날, 집으로 가는 버스에 올라탔다가 대학에 붙은 친구와 마주쳤고, 한껏 멋을 낸 친구의 차림새와 한눈에 봐도 비싸 보이는 핸드백 앞에서 운동화에 커다란 배낭을 멘 나는 1초라도 빨리 버스에서 내리고만 싶었다. 친구의 입학식과 나의 입학식 사이에서 감추고만 싶었던 좌절감이 무섭게 흘러내리고 있었다.

빼곡히 채워진 그때의 다이어리엔 스무 살의 시작은 고통이었다고 적혀 있다. 하지만 지금, 스무 살의 끝을 지나 그 고통마저도 그리워하는 내가 있다.

재수를 했던 일년 동안 나보다 더 아파해주던 가족의 눈물을 보았고, 나와 비슷한 사람들의 세상과 마주하면서 귀를 열어 그 동안 듣지 못했던 소리를 들었고, 열심히 대화하고 생각하는 방법과 습관을 체득하게 되었으며, 나라는 사람의 본질에 대해 심각하게 고민도 하면서 마냥 아이였던 내가 조금 더 큰 '어른'으로, '사람'으로 자랄 수 있었다.

어둠 속에서 빛을 내기 위해 심지를 태우는 시간, 스물은 그것만으로도 충분하다는 걸 그땐 알지 못했던 것뿐이었다.

캠퍼스 속 그들처럼 환한 스물은 아니었지만 어느 순간보다도 가장 밑바닥에서 나를 볼 수 있었던 스물이었기에, 시간을 돌린다 해도 바꾸고 싶진 않을 것 같아.

누군가 등을 보일 때

토요일이었다.

텅 빈 공원, 벤치 끄트머리에 한 노인이 앉아 있었다.

군청색 윗도리에 까만 바지, 많이 닳은 듯한 황토색 구두를 신은

그의 머리 위에서 새것 같은 체크무늬 모자가

온통 은발인 머리카락을 덮어주고 있었다.

노인의 시선은 공원 안이 아니라 밖을 향해 있었고,

그런 당신을 훔쳐보는 내 눈길 따위는 모른 채

그저 미동도 없이 허름한 양복을 걸친 등을

무방비 상태로 내게 보여주고 있었다.

그에게 토요일은 '가족과 함께 하는 주말' 이 아니었던 걸까.

내가 눈길을 거둘 때까지 노인은 그곳을 떠나지 않았고,

그런 그의 등이 너무 초라해 보여

햇빛에 부딪히지도 않았는데 눈이 시려왔다.

노인들은 소리 내어 말하려 들지 않는다.

마치 바위처럼 굳어 버린 듯

그저 하염없이 바라보고, 기다리며

목구멍 안에서 맴맴 돌듯 사람을 부른다.

그 노인 역시 누군가 공원 안으로 들어와

그가 앉은 벤치의 옆자리에 앉아

말 걸어주기를 기다리고 있던 건지도 모른다.

내 아버지 역시 숱이 적어지고, 하얗게 변한 머리카락을 가리려

종종 모자를 쓰곤 하시지만 그것만으로

지나온 세월의 흔적을 그리 쉽게 덮을 수는 없다.

그들의 나이가, 그 하얀 머리카락이

결코 서러운 것이 되어선 안 된다.

더 이상은 '감추기' 위해 모자를 쓰지 말기를,

하얗게 바래지는 모든 것에는 그것만으로도

고개 숙여야 하는 충분한 이유가 되는 것임을 알아야 한다.

내 머리에도 새하얗게 눈이 내릴 때쯤

내 등이 초라하지 않게 따뜻하게 안아줄 한 사람쯤 있어주길,

소리 내어 부르지 않아도 내 옆에 다가와 앉아주길 바래.

굳이

말하지 않아도

알았으면 좋겠다.

알아 주었으면 좋겠다.

너와 난

필요충분조건.

시시때때로,

아직은.

위로

사람일 뿐이라고.

이기적인 것도.. 그 이상도.. 그 이하도 절대 아닌 거라고.

나쁘다, 와 좋다, 의 사이에서 헤매고 있을 때

그보다 더 적당한 위로는 없다.

사람이니까,

어쩔 수 없이 사람이니까.

그러니까 아무렇지 않은 척,

일부러 그러지 않아도 되는 거라고,

그만 참아도 되는 거라고,

말을 해주어도 되는 거야.

처음에는 자전거나 스쿠터를 개조한 것쯤으로 생각될 만큼

멀리서 언뜻 보기에는 조금도 불편해 보이지 않았다.

하지만 자세히 보니 할아버지가 타고 있는 것은 전동휠체어였고,

저 오르막길과 내리막길이 교차하는 지점에 다다라서는

아주 느린 속도로 움직이고 있었다.

그리고, 그 옆에는 중년의 여자 한 분이 같이 걷고 있었다.

아마도 몸이 불편한 남편을 혼자 밖에 내보내는 것이

걱정되고 염려스러웠던 할아버지의 '아내' 였으리라.

늦은 오후, 이 부부의 동행은 참으로 고요했다.
서로의 얼굴을 바라보지 않아도, 입을 열어 말하지 않아도
그저 옆에 있어주는 것만으로 위안이 되어주는 사이…

부부의 젊은 시절에 남편은 휠체어가 아닌
튼튼한 두 다리로 열심히 일했을 것이고,
그의 아내는 그런 그와 가족들을 위해
온기 가득한 집을 만드느라 바빴을 것이다.

그 많은 땀 흘린 시간들을 지나
지금 그는 더 이상 서 있을 수 없게 됐지만,
이제는 그녀가 대신 그의 다리가 되어
험한 언덕길도 겁내지 않고 다닐 수 있는 것이겠지…

평.생.이라는 울타리 그 안에서 이렇게 느린 걸음으로도,
의지할 수 있는 '당신'이 있어
당신이 의지할 수 있는 '내'가 될 수 있어
고맙습니다. 감사합니다.

휘청거리기 전에
넘어지기 전에
나를 잡아요.

나를 잡고 창 밖 다른 곳을 본대도
당신이 다치지만 않는다면
손 하나, 팔 하나쯤 기꺼이 내어 드릴게요.

나를 잡았다 또다시 그 손을 놓는다 해도
흔들리는 당신을 바라보는 것보다는
훨씬, 나은 걸요.

당신의 수동적인 사랑

누구에게서 받던 마지막 선물은

유독 마음이 쓰인다.

그때는 마지막일 줄 모르고

스쳐가듯 건네받은 그 오.르.골.은

특히나 더 눈길이 멈추고, 손길이 가곤 했다.

태엽을 수십 번 수백 번 감았어도

여전히 또렷한 멜로디는

손을 놓지 못했던 그때의 마음인 것처럼

오선지 안에서 절대 흐트러지지 않을 것만 같다.

수동적인 사랑도, 미안한 사랑도
감았던 태엽이 풀리는 그 짧은 시간 안에서는
진심을 알아주어야 한다.

세상에서 제일 비참한 건
지하철역 앞에서 구걸하는 사람이 아니라,
내 것을 주겠다고 하는데도
가져가지 않는 당신 앞의 나일 테니까.

가을이, 분다

가을 바람이 너무 좋아서,

코끝으로 스쳐가는 그 냄새가

미치도록 좋아서

바람이라도 날 것만 같다…

아아… 조심하자.

대학로에 가고 싶다

겨울이 오면 내 손발은 파란색 피가 흐르는 것처럼 늘 얼음장 같아서 나조차도 나를 만질 수가 없다. 만지는 모든 것이 황금으로 변하는 마이다스의 손처럼, 내 손에 닿는 모든 것이 얼어버릴 듯 뾰족해져 금방이라도 쨍그랑 깨져버릴 것만 같다.

여름을 견디지 못하는 아이는 겨울에 와서도 다르지 않다. 겨울을 잘 버텨내지도 못하면서 겨울을 늘 동경하는 평행선 같은 마음… 아무리 몸을 데워도 열 평형이 되지 않는 것은 그만두고라도 남들처럼 스키도 못 타고, 그 흔한 눈썰매장은 구경도 못해봤고, 발목이 부실해 어느 누구도 스케이트장엔 같이 가줄 생각을 하지 않는다. 게다가 여긴 강남의 한복판이라, 대학로에서처럼 등에 꽂히는 햇살의 따뜻함도 구경해보질 못했다. 갑자기 목이 탈 것처럼 대학로가 그리워지는 것이, 대학로 거리 곳곳이 내 몸 안에서 번져 나오는 것만 같다.

첫 직장을 대학로에서 시작했고, 그곳에서의 1년 1개월은 행복
했었다. 아침마다 마로니에 공원을 가로질러 회사로 가는 길이,
점심을 먹고 패스트푸드점에 들러 바닐라 아이스크림을 손에 쥐
고 노오랗게 물든 마로니에 공원에 앉아 배드민턴 치는 사람들을
구경하는 것도 재미있었고, 무엇보다도 그 거리의 행복한 나른함
이 좋았다.

한남동의 두 번째 직장으로 옮기고 몇 달 후에 외근이 끝난 늦은
밤 대학로에 발을 내려놓는 순간, 이유도 없이 갑자기 눈물이 쏟
아졌다. 그 시간, 내가 그곳에 있다는 사실이 못 견디게 서럽도록
반가웠던 탓이라고... 내 기억은 문득문득 그날을 참 따뜻하게 재
생해내고 있다.

어린이 극단의 김 대표님과 단골 식당의 주인 아주머니도 보고
싶고, 마로니에 공원 한 블록 뒤에 있는 카페 모짜르트에 들러 코
코아도 마시고 싶고, 점심 때면 늘 찾던 마로니에 공원에서 배드
민턴도 다시 치고 싶다. 그 중 제일 하고 싶은 건 그 거리에서 제
일 예쁘게 서 있었던 연극 포스터들을 오래도록 꼼꼼히 읽어 내
려가는 것. 그리고 다시 기회가 주어진다면 무대 위의, 연습실의,
분장실의 그 사람들을, 다시 인터뷰하고 싶다. 살아 있다는 느낌
은, 사람을 만나서 얘기하면서 얻어진다는 것을 그때 알았다. 그

래서 알맹이는 없고 거죽만 남은 사람들과의 대화에 지쳐갈 때마다 그때 그곳의 그들이 애타게 그리워지곤 한다.

세 번째 직장인 압구정에서 마주쳤던 건 예쁘고, 옷 잘 입고, 진한 화장과 짙은 향수로 늘 낮보다 밤이 더 분주한 로데오 거리를 채우는 사람들이었다. 이미 편견으로 채워진 시선이라 그랬을까, 아무리 시간이 더해져도 압구정에서는 대학로만큼 절절했던 무언가를 느껴보거나 찾질 못했다. 어쩌면 한 꺼풀 벗겨낸 화장과 옷 너머에 아직, 미처 듣지 못한 이야기가 있을지도 모를 텐데… 어딜 가든 대학로와 비교하게 되는 것은 무의식적으로 찾고 마는 그리움 탓이다.

대학로에 가면, 그 거리에 들어서면 제일 먼저 마로니에 공원의 '내' 벤치에 앉아 아무것도 하지 않을 테다. 큐피드가 쏜 화살처럼 등에 꽂히는 간지러운 햇살 외에는 욕심 낼 아무것도 필요치 않을 것을 이미 짐작한다. 그건 아마도, 오월의 거리가 예쁘다는 이유로 친구에게서 받았던 장미꽃 한 송이와 같은 이유일 것이다.

눈뜨고 일어난 아침은 온통 비 냄새로 가득했다. 촉촉히 젖어 있는 아스팔트와 따뜻한 바람의 감촉. 아… 나는 지금 대학로에 가고 싶다.

이 순간, 초를 재는 당신에게

만나지 말았어야 하는 인연이 있다.

생각하지 말아야 하는 인연이 있다.

머뭇거리면 안 될 인연이 있다.

십 년 전 끝난 친구와의 인연을

다시 회복하려 했던 몇 년 전의 내가 있었고,

너무 길었던 공백이 겁이 나
그 마음조차 버리게 된 지금의 내가 있다.

지난 시간에 집착할수록
기억의 단상들은 서로 엮이고 엮여
결국 어느 하나 제대로 잡을 수 없다는 걸
매번 뒤늦게 알아채곤 한다.

가슴에서 응어리처럼 박혀 있다 해도
기억하려고 하는 모든 시간에 대한 마음은
욕.심.이.다.

그래서…
추억을 덜어내는 것이
가끔은 살아가는 데 있어
'위로'가 될 때가 있다.

U턴

그가 핸들을 돌리는 순간

왈칵,

눈물을 쏟을 뻔했다.

백팔십도 꺾인 채 되돌아가는 차에 태운 건

이제서야 손 놓아버린 마음뿐인 걸

너는 모르고, 나는 모른 척한다.

행여라도

들키게 되면

햇살 때문에

눈이 시려서…

라고

대답해야 겠.다.고.

생각, 했다.

행복한 미로

신화(神話) 속에 등장하는 크레타 섬,

명장 다이달로스가 만든 미궁 '라비린토스'에는

얼굴은 황소, 몸은 인간인 미노타우로스가 갇혀 있었다.

인간의 욕망이 낳은 반인반수(半人半獸)는

결국 용맹한 테세우스에게 죽임을 당했지만,

평생을 불행하게 살 수밖에 없었던 가련한 운명 탓에

크레타 섬 사람들은 그를 숭배했다고 한다.

한번 들어가면 빠져 나오기 어려운 '미로(迷路)'는
누군가를 가두기 위한 함정, 혹은 위협이 될 터다.
그것은 약한 자에겐 더 큰 고문일 것이며
비단, 신화 속이 아닌 로마시대 콜로세움에서도
그 잔인함을 상상하기 어렵지 않다.

하지만 지난 가을 찾아간 제주 김녕미로공원의
초록빛 물기로 가득한 붉은 흙 길 위를 걸으며
한 발 한 발 내딛는 걸음마다 가슴이 두근거렸고
너무 쉽게 빠져 나오면 어쩌나 되려 조바심이 났었더랬다.

문득 나는 누군가에게 어떤 미로가 되어
부드러운 흙바닥을 내어주고 있는지,
갈림길 앞에 선 당신이 거리낌없이 내 손을 잡고
두려움 없는 선택을 할 수 있는지,
묻고 싶어진다.

당신의 산책길에 제가 동행해도 괜찮습니까…?

편지 왔어요

나는 친구가 그리 많은 편은 아니다.

학교 때에도 그랬고 사회에 나와서도 친구라고 부를 수 있는 사람은 손가락으로 꼽을 정도로, 넓게 많이 사귀기보다는 한두 사람과 깊게 오랜 인연을 쌓아가는 편이다. 내 지병(持病) 같은 낯가림 때문일 수도 있지만, 그래서 더 '내 사람'이라 부를 수 있는 이에게 오랜 시간 공을 들이고 마음을 주게 된다.

내 가장 오래된 인연은 열두 살 때 같은 반이었던 친구로, 그 당시 새로 지은 아파트에 입주하면서 둘 다 그 동네로 이사 오게 되었고, 우연찮게 바로 옆 동에 사는 걸 알게 되면서부터 친하게 지내게 되었다. 늘 몸이 약했던 친구는 조퇴가 잦았고, 난 수업이 끝나면 늘 그 아이의 집으로 가서 그날 학교에 있었던 일을 챙겨주며 함께 시간을 보내는 일이 많았다.

감정 기복이 심하고 싫증을 잘 내는 나란 사람이, 사람에 대한

배려심이 많은 그 친구 앞에서는 그저 말 잘 듣는 아이처럼 착해지고 싶었을 만큼 그녀의 한결같은 마음은 서서히 나를 물들게 했다.

친구가 대전으로 이사를 가면서 끊어질 뻔한 인연이었던 우리를 지탱시켜준 건 학창시절 내내 서울과 대전을 오가며 주고받았던 편지였다.

답장을 쓰자마자 하루가 멀다 하고 편지함을 확인하고, 어떤 땐 답장이 오기도 전에 또 한 통의 편지를 쓰면서 그렇게 그녀를 의지하고, 그리워했던 것 같다. 한 글자 한 글자 정성을 들여 쓴 너와 나의 편지는 어느새 가족 모두가 함께 읽는 이야기가 되었고, 이미 그녀는 든든한 내 편, 내 사람이 되어 있었다.

이십 년을 훌쩍 건너 우리는 언제 이렇게 자라버린 걸까, 라고 옛 날이야기를 꺼내며 오래된 수다를 펼쳐놓으면서도 내심 그 오랜 시간 동안 내 든든한 버팀목이 되어준 오랜 사람이 있다는 사실에 얼마나 안심이 되는지…

우리의 편지는 스무 살 초반 무렵 서서히 뜸해졌던 것 같다. 물론 그 대신 전화와 메신저로 긴 시간 이야기를 하지만, 가끔 상자 안

에 차곡차곡 모아놓은 네게서 온 편지들을 볼 때마다 오랜만에
수줍은 편지를 써서 우표를 붙이고는 빨간 우체통 앞으로 달려가
고 싶어진다.

10월이다. 바람이 기억만큼 짙어지는 계절…
한참을 보지 못한 그녀를 만나러 어쩌면 이번 주말 아침 일찍 집
을 나설지도 모르겠다. 그리고, 열두 살 너에게 가는 길에 '곧 만
나러 갑니다' 라고 짧은 편지를 먼저 부칠까 생.각.중.이.야.

논픽션nonfiction

끝나지 않는 너와 나의 미.스.터.리.첩.보.액.션.그.리.움.

내게만 아프기를.

내게만 강렬했기를.

마치 내게만 존재했던 시간인 것처럼.

지금은

발단-전개-위기-절정-결말,의

5단계 플롯 진행 중.

아름다운 백발

약속 시간에 늦어 에스컬레이터 위를 걸어 올라가는데 사방으로 거친 쇳소리가 울려 퍼진다. 구두 굽이다. 닳고 닳은 굽이 더는 못 걷겠다고 소리를 질러대는 걸 보고 집에 돌아와, 신발장에서 주섬주섬 몇 컬레 더 집어 들고는 동네 구두수선점으로 향했다.

수선점에 들어서려는데, 할아버지께서 무언가 읽고 계신다. 가만 보니 두툼한 영어사전이다. 한 장 한 장 집중해서 읽으시는 백발의 할아버지를 방해할 수 없어, 한참을 들어가지도 못한 채 가만히 숨죽여 바라보다가 나도 모르게 셔터를 눌러버렸다.

올해 일흔 넷이라는 할아버지는 80년대 중동건설 붐 때 홀홀 단신 쿠웨이트로 가던 중 홍콩을 경유하게 되었는데 그때 영어를 몰라 큰 고생을 하셨다 했다. 그 후로 공항에서든 어디서든 모르는 영어가 눈에 띄면 적어놨다가 나중에 사전을 찾아보고 공부하던 습관이 지금까지 이어진 거라 하신다. 꼭 써먹을 데가 있어서가 아니라 그냥 알아두면 좋지 않겠냐 하시면서.

두런두런 얘기가 오가던 중에 문득 어느 방송에서 본 생각이 나 짧은 호기심에, 정말 신발을 보면 그 사람의 성격이나 버릇을 알 수 있는지 여쭈었다. 당연히 조목조목 말씀해주실 줄 알았는데, 안 해주시겠단다. 좋은 말만 들어도 짧은 인생, 말해주다 혹시라도 싫은 소리 들어가서 사람들 기분 안 좋게 만들 필요 무에 있겠느냐 하시길래, 그럼 저는 괜찮으니 제 신발 품평만 해달라 졸라 댔더니 한사코 싫다 하신다. 그래, 여기저기 긁히고 바랜 내 신발이지만 주인 닮아 무탈하겠거니 착각하고 말자.

십칠 년 전 사별하고 아들 내외와 함께 사신다는 할아버지는 며느리 부담될까 아침 일찍부터 집에서 나와 동대문 평화시장 한 바퀴 돌고 와 가게 문 여셨다 했다. 일요일인데 늙은 시아버지 때문에 괜스레 일찍 일어나면 안 된다고.

내 세 켤레의 구두가 다시 새 굽으로 치장하는 동안 그렇게 할아버지와의 대화는 쉴 새 없이 이어졌다.

노인과 이렇게 오랫동안 얘기해 본 적이 언제였던가.
그저 지하철에서 눈 마주치면 자리 내어주어야 하는 사람으로,

하릴없이 삼삼오오 모여 공원에서 바둑 두고 훈수 두는 사람으로, 그렇게 나와는 아무 상관 없을 거라 여겼던 사람들이 그날 구두약 냄새 가득한 좁은 공간 안에서 일순간 모두 그 백발의 할아버지로 다가와 있었다.

지금 젊다 자랑하는 사람, 하지만 누구든 늙지 않는 이 어디 있겠는가. 늙어가는 시간, 나이 먹어가는 시간이 그저 주름만 던져준

102

것은 아닐 것이다. 백발의 노인에게도 매 순간 규칙이 있고 사람을 대하는 도리가 있다.

'늙은이' 냄새 풍기며 길거리에서 볼품없이 쪼그려 앉아 있다 해서 흉보지 말자, 행여 업수이 여기지도 말자. 그들이 말문을 열면 당신 앞에 꽁꽁 싸둔 약 보따리 바리바리 풀어헤쳐 품에 그득하게 안겨줄 것이니.

폴짝

한 손에는 책을 들고,

다른 한 손에는 햇살을 쥐고,

봄 위를 걸어서 너에게로 가고 싶다.

조금만 팔을 벌려서

한 발자국만 가까이 와 주면

우린 더 빨리 만날 수 있을 거야.

Thanks

시계에 약을 넣어 주었더니
째깍째깍 다시 살아났다.

내 사랑도
째깍째깍 다시 살아났다.

이미
감사한 하루, 감사한 사람.

쉬,고,싶,다

몇 년 전 전도연과 고두심이 출연했다 하여 그 두 여배우의 연기 대결이 자못 궁금해, 극장까지 찾아가 보았던 영화가 있었다.

그런데 영화를 보면서 야무지게 1인 2역을 해내었던 전도연이나 드센 아줌마로 변신해 감탄사 나올 연기를 선보인 고두심보다도 '그만 쉬고 싶다' 며 구.슬.같은 눈물을 흘리던, 극 중 전도연의 아버지 '진국' 이 자꾸 가슴에 맺혀와 시간이 지나고서도 두고두고 생각이 났었다.

쉬,고,싶,다.

이십 년, 삼십 년 넘게 일한 사람들의 입에서 나왔을 땐 충분히
공감이 가는 말…

대학을 졸업하자마자 막막하고 두렵게만 생각되던 일터로 내몰
린 지 벌써 열 손가락을 채워버린 내가 요즘 들어 틈만 나면 영화
속 그의 대사를 따라 하고 있다.

일하던 곳에서 다른 곳으로 옮기는 사이사이 쉴 수도 있었을 텐
데 방향을 바꿀 때마다 매번 약속이나 한 것처럼 쉴 수 있는 날이
고작 하루 이틀이었던 걸 생각하면 주문 외듯 중얼거리고 있는
지금 내 모습이 당연하지 싶어, 여름휴가를 핑계로 앞뒤 생각 안
하고 일주일을 쉬겠다 해버렸다.

마음이 다부지지 못해 싫은 소리 한마디 못하고 밤새 잠 못 이루
는 나란 사람이 지금까지 버텨온 게 십 년을 채워놓고 보니 나름
기특하다 생각도 들지만, 이리 치이고 저리 치이는 사람 사이의
관계를 혼자 삭이고 가라앉히고 곱씹어 내는 일은 여전히 힘에
부친다.

이 자리에서 '얼음'을 외치고 더, 충분히, 지겨울 정도로 느릿, 느릿, 쉬고, 싶어질 때쯤엔 아마도 누군가 '땡'을 해주길 바랄지도 모를 테지.

종이 한 장 차이 같은 '쉼'과 '뜀'의 사이에서 제 속도를 내는 일이 어려운 건 비단 나뿐만이 아닐 것이다. 이 길고 긴 오래 달리기에서 잠시 멈춰 서서 땀 식히고 다시 달려도 그리 늦지는 않을 테니, 너무 조바심내지 말기를.

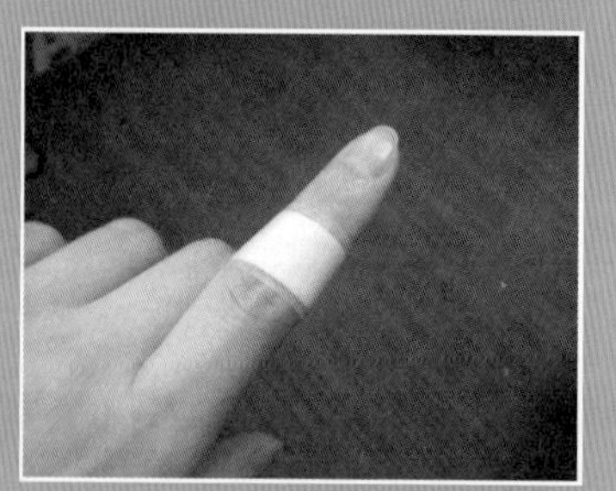

나 여기 있어요

내게로 와 작은 상처라도 보여주는 사람에게는
설사 엄살인 걸 안다 해도
아무 말 없이 입김부터 불어주어야 한다.

딴생각

너는 지금,
무슨 생각을 할까.

나는 지금
딴생각을 해.

…

또 한번
금을 그어
내 자리를
표시해 버렸다.

카라멜

당신 손길이 닿기 전까지는

누가 뭐래도 단단했던 나였습니다.

이리 뭉치고 저리 두들겨

틈 같은 건 보이지 않게

사각 틀 안에 가둘 수 있는

딱 그만큼으로 만들어 놓았지요.

하지만 꼭꼭 숨겨둘수록 더 진해지고 마는
이 미련스러운 기억의 체취를
결국,
당신에게 들켜버리고 말았네요.

너무 달콤해서
사르륵 얇은 껍질을 벗기기도 전에
코끝에서 먼저 나를 알아본 당신,

내 단단한 마음은
당신 손가락 끝에서 길게 길게 늘어나
끊어지지도 않고 당신 옷 깊숙이까지 단물 뚝뚝 배도록
들러붙어 버렸습니다.

그러나 당신이 모르는 게 있어요.
당신 손끝에서 말랑해진 마음이
그 손 없이는 도로 딱딱해지고 말 거라는 걸.

처음처럼 반듯하지 않게, 엉망으로 굳어진 채로
종국엔 수도꼭지 아래서 단번에 씻겨 내려가
하수구 어디쯤엔가로 떠내려갈 테죠.

EMBARÉ
CARAMELO

그때야말로

이 찐득찐득해져 버린 미련도

다 씻겨져 버리는 거겠지요.

망각

“괜찮습니까?”

“네, 비교적.”

“그렇다면,
아무쪼록 정상적인 시간 속에서
버텨주세요.
웬만하면.
가급적.”

충돌을 피하는 방법,
망.각.

나 여기 있어요

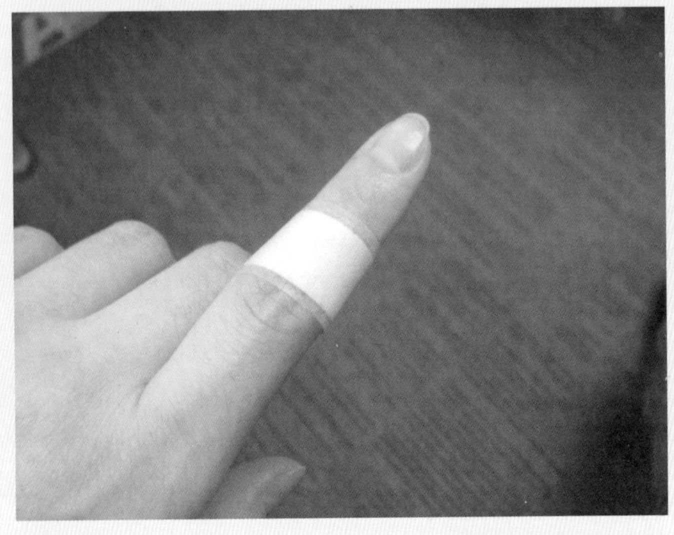

불과 며칠 사이로 양쪽 무릎을 모두 다치는 사고가 있었다.

왼쪽 무릎은 비 오는 날 계단을 내려오다가 미끄러지는 바람에

시퍼렇게 멍이 들었고, 오른쪽 무릎은 떨어진 종이를 주우려다

오래된 책상 서랍의 녹슨 쇠에 찢기는 바람에 열십자로 움푹 파

이는 꽤 깊은 상처가 생겨 버렸다.

엄밀히 따지자면 두 상처 모두 내 부주의로 일어난 사고였고, 그
것도 혼자 있을 때 벌어진 일들이라 누굴 탓할 수도 없었다. 그럼
에도 불구하고 난 가까운 사람들에게 전화를 걸어 마치 시위라도
하듯 온갖 투정을 부리며 밀린 월세라도 걷는 양 차곡차곡 그들
의 걱정을 받아내었다.

누군가는 이런 내게 엄살이 심한 게 아니냐고, 오히려 조심성 없
다며 되려 날 타박하기도 했다.

상처를 치료하는 방법을 몰라서가 아니다.
다친 곳을 소독하고 약을 바르고 반창고를 붙이면 되는 걸, 어차
피 파랗던 멍은 점점 가실 것이고 딱지가 떨어지고 새살이 돋을
때까지 그저 시간이 가기를 기다리면 되는 일이다.

그렇다 해도, 누구의 말처럼 '엄살' 이라 해도 좋다.

한눈팔다 넘어져 무릎이 깨지면 당장 아픈 것보다 금세 살갗 위
를 물들이던 붉은 피에 지레 놀라 울음부터 터뜨리던 일곱 살 그
때에는 울기만 해도 달려와 호호 입김 불어주던 사람이 많았지
만, 다쳤다고 아무 데서나 울어버릴 수도 없는 나이를 가져버린
지금은 바지자락 걷어 올려 엉망이 된 무릎이라도 보이면서 나

여기 있으니 좀 봐달라고 칭얼대고 싶은 거다.

이젠 아무리 좋은 약을 발라도 어김없이 흉터는 남고 말지만, 내
몸 여기저기 보물찾기 지도에 표시라도 해놓은 것처럼 다친 기억
을 더듬어 가는 시간 곳곳에 쓰린 고통과 함께 내 옆에서 안쓰럽
게 보듬어주던 손길도 찾아내곤 한다.

그러니 내게로 와 작은 상처라도 보여주는 사람에게는 설사 엄살
인 걸 안다 해도 아무 말 없이 입김부터 불어주어야 한다.
그저 실낱같이 가벼운 관심이라도 누구에게든 전부가 되는 순간
이 있는 거니까.

미아

어쩐지 허전하다 싶은 생각이 들어

손가락마다 반지를 채워 넣었다.

끼워 넣고 보니 모두 여섯 개나 되는 그것은,

각각 사연도 다르고 사람도 다른 채로

열 손가락 사이에서 길을 잃었다.

늘 다그치는 나와 시선을 놓아버리는 너,

그 사이에서 나침반은 삼백육십도 어느 곳에서도

멈출 생각을 하지 않는다.

문득,

내가 쓴 글을 보고 생각났다던 그녀가 보내온 시가

불쑥 나를 밀치고 솟아오른다.

사랑하는 손

최승자

거기서 알 수 없는

비가 내리지

내려서 적셔주는

가여운 안식

사랑한다고 너의 손을

잡을 때

열 손가락에 걸리는

존재의 쓸쓸함

거기서 알 수 없는

비가 내리지

내려서 적셔주는

가여운 평화

목구멍에서 울컥, 그 비가 나를 내리친다.

잡을 수 없는 너의 손 앞에서,

잡지 못한 나의 손이 길을 잃었다.

길을 찾기엔 주위가 너무 어두워져 버렸다…

투영

말이 많은 사람보다는 조용한 사람을,

대화를 끌어가는 사람보다는

들릴 듯 말 듯 가만가만 얘기하는 사람을,

호들갑스럽게 안아주는 사람보다는

가만히 한 손을 내미는 사람을,

다른 곳에서 다른 사람을 보고 있어도

어디서든 당신을 보는 나를 봅니다.

머리카락 한 올부터 당신에게서 떨어지는 먼지 한 톨까지

당신을 모조리 끌어안고

그대로 풍덩 빠지면

저절로 당신이 되어버리는 나.

당신 발끝을 마주 대고 팔을 뻗어

그렇게 당신을 따라 합니다.

그렇게 나는, 당신이 됩니다.

처음부터

꼭 저만큼

꼭 저렇게

내게서 잘려진 '나'는

태어날 때부터 당신 것이었으니,

아파도 소리내지 않는 거예요.

당신이 수많은 내 마음을 가져가 놓고 나를 모른 척해도

돌려달라 말할 수 없는 거예요.

처음부터 그렇게 정해진 건

아무리 아파도 그렇게 되어지는 거라고.

그렇게 될 수밖에 없는 거라고.

조각조각 이어 붙인대도

다시 당신에게로 돌아가고 말 당신의 분신(分身).

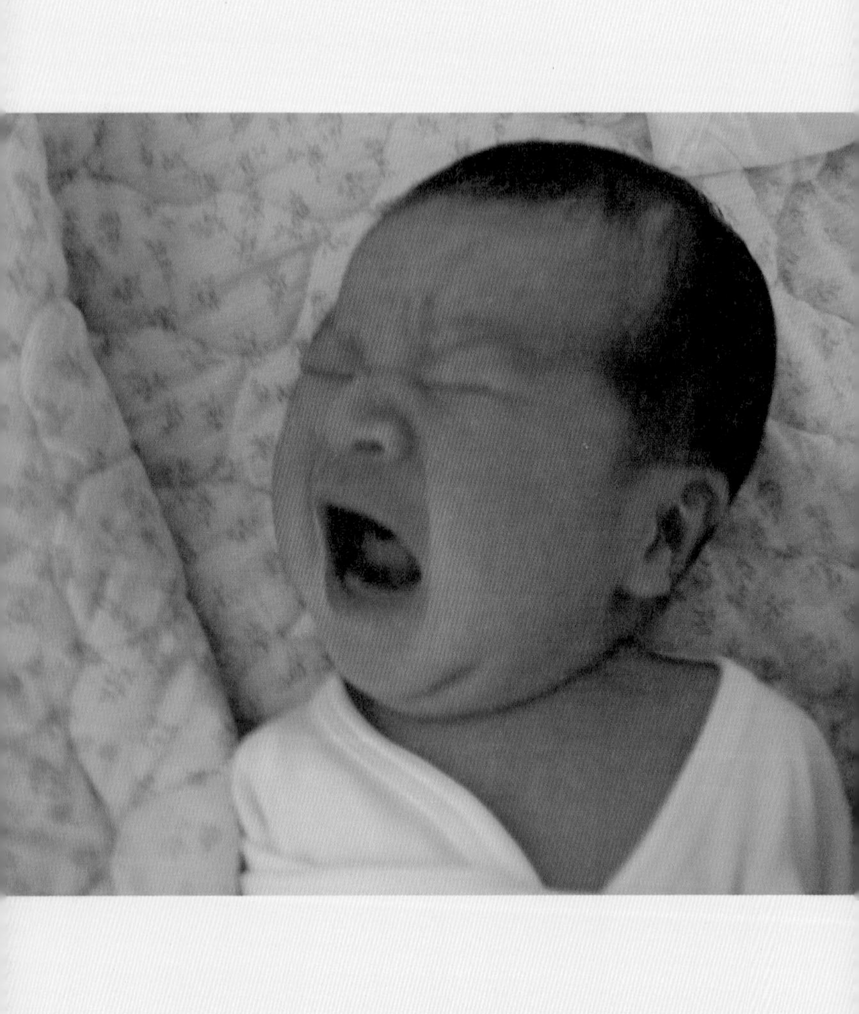

요 조그맣고 어여쁜 놈

그 녀석이 태어난 지 백일이 지났다.

꽃샘추위에 몸 떨던 3월 까만 밤에 태어나 한쪽 눈 겨우 뜨고서
는 하얀 수건 속에서 머리부터 발가락 끝까지 온통 빨갛게 부풀
어 있더니, 이젠 제법 한쪽 입꼬리를 올리며 웃어주기까지 하는
걸 보면 신기하다 못해 대견하기까지 하다.

하나밖에 없는 조카 녀석, 언니의 아들이다.

산후중으로 침 맞으러 다니는 언니가 안쓰러웠던 엄마는 거의 백
일 내내 도맡다시피 아기를 봐주면서 눈에 띄게 늙어지셨고, 얼
마 전에는 생각지도 못한 눈 수술까지 받게 되셨다. 아기 목욕에,
빨래에, 내내 안고 다니시면서 새벽에도 우는 아이 달래느라 잠
설치시는 걸 알기에 이번 수술로 속이 상해 이제 그만 봐주시라
투덜거렸더니, 그저 노환이라면서 아기 탓이 아니라며 손사래 치
신다.

그 와중에 백일잔치 치르고 더 무거워져서 온 그 녀석, 제 덩치 커진 건 생각도 않고, 외할머니 품으로 다시 쏙 안기고 마는데 팔에 전해지는 묵직함은 아랑곳없이 엄마는 그저 그 재롱이 반갑기만 한가보다.

당신 아픈 건 돌보지 않고 그저 자식 몸 상할까, 손주놈 귀엽고 안쓰러운 것만 생각하는 엄마를 더 이상 말릴 재주가 없어 그냥 포기하고 만다.

예순 여덟의 엄마는 땀띠 나도록 안아주고 업어주면서 얼굴부터 발까지 주름이 늘어가고 있지만, 고 어여쁜 녀석 덕에 마음 하나만은 새털처럼 가벼워져 땅 위에 발 디디고 서 있을 틈이 없다.

나이를 먹어도 여전히 엄마에겐 막내 짓 하던 내 자리를 빼앗고, 울 엄마 등에 찰싹 업혀 있는 요 조그맣고 어여쁜 놈, 빨리 옹알이 끝내고 말문 트여 '할머니' 하고 불러드리렴.

방치

당신이

내 눈앞에 머무르던 시간에도,

슬그머니 사라져버린 시간에도,

나는 계속 여기 있었다.

한번도 움직이지 않고

나는, 여기 계속 있었다.

이렇게, 이대로, 아무도 없는 빈 터널 같은 시간 속에서

나는

아플까.

무서울까.

그리울까.

착해지고 싶은 나에게

절대로 해서는 안 되는 일,

방.치.

바람구멍

누구나 바람 들어갈 구멍 하나씩은 가지고 산다.

그저 어떤 이에게는 작거나 어떤 이에게는 큰 그 차이일 뿐인,

연다고 열리는 것도 아니며, 닫는다고 닫혀지지도 않는 것이다.

그저 저절로 그리 되어지는 것. 그렇게 될 수밖에 없는 것.

봄 햇살 아래서 머리카락을 잡아당기는
따뜻한 숨결을 모른 척할 수 없고,
여름 소나기에도 이마에 송글송글 맺히는
땀처럼 번져오는 욕망을 도저히 막아낼 수 없고,
가을이 시작되고 끝날 때까지의 그 짧은 틈으로 파고드는
외로움을 쓸어 담기엔 유리처럼 여린 심장이 너무 아파서,
겨울 시린 입김에도 오들오들 떨고 있는 살갗 위로 비치는
파란 혈관을 감싸 주지 않으면 안 되겠기에,

바람 들어올 구멍을 막을 수 없다.
당신이 들어올 그 구멍을 틀어막을 수가 없다, 나는.

부딪히는 모든 계절마다 당신이 분다.
내가 당신을 알기 훨씬 전부터
당신은 내게로 불어오고 있었다.

천국을 만나다

계단은 가팔랐다.

하지만 이미 그곳까지 한참을 걸어온 사람들은

개의치 않고 또다시 그 계단 위로 발을 올려놓고 있었다.

처음에는 서서 올라가려다가 금세 몸을 숙여

손으로 짚어가며 기어가듯 조심조심 몸을 움직였다.

하지만 그렇게 계단에 몸을 바짝 붙이며 올라가는 사람들 중

그 누구도 결코 중간에 되돌아 내려오지는 않았다.

절벽 같은 계단을 올라서면 저 위에 누군가 있을 것처럼,

내딛는 걸음 하나에 절실함은 배가 되어

나머지 다른 한 걸음에 힘을 싣게 만들었다.

그 사원(寺院)에 내려오는 굳은 전설처럼,

비단 신(神)에게로 가는 계단이기 때문만은 아닐 것이다.

숨을 헉헉거리며 계단을 올라가는 내내

나는 누군가가 몹시 그리웠고, 보고 싶었다.

신(神)만을 향해 두 손 모으지 않아도

그곳에서 이 맹목적인 마음 하나 건질 수 있다면

열 번인들 못 올라가겠느냐 싶을 만큼…

허나 올라가는 이유는 제각각일지라도

설사 그 안에 부끄러운 속마음 따위 담겼다 하더라도

두 손 두 발 생채기 내가며 그 꼭대기에 다다르는 순간,

긴 숨 한번 몰아 쉬면 그저 하늘과 가까워진 것에 감격하고 있는

'나'를 만나게 될 터이니 그 이상 굳이 무엇이 더 필요할까.

그 위에서 만나는 바람 한 올이

더할 나위 없는 천국(天國)인 것을.

나와 당신의 나이

어릴 적, 사람들이 아버지의 나이를 물어올 때면 난 꼭 내 나이에 '40'을 더하고 난 후 말해주곤 했었다. 친구들 아버지와는 앞자리부터 달랐던 내 아버지의 나이는 그렇게 하루하루가 더해지고 한 해 두 해가 지나면서, 이미 다른 사람들에겐 '할아버지'로 불려지고 있었던 걸 먹을 만큼 먹은 내 나이를 실감하고서야 눈치 채었다.

초등학교 6학년 때까지 아침에 눈뜨고 가장 먼저 하는 일은 출근하는 아버지의 양쪽 뺨에 뽀뽀를 하고는 백 원씩 받는 것이었다. 잠에서 덜 깨어 주섬주섬 일어나 눈도 못 뜬 채로 뽀뽀를 하려다 뒤뚱거리면 아버진 내 입에 볼을 갖다 대어주곤 했다. 어떤 날은 아버지 주머니에 백 원짜리가 없어 오백 원을 받는 횡재를 하기도 했는데, 그런 날은 기분이 좋아 아침부터 온 집안을 방방 뛰어다녔었다.

그렇게 꼬박꼬박 하루라도 거르면 큰일나는 줄 알았었는데, 내가 중학교에 들어가면서 아버지와 나의 유일한 '접속'은 사라져 버렸다. 사춘기랍시고 손 한번 팔짱 한번 제대로 잡지도 끼지도 않게 된 건 비단 두 손 모아 받았던 그 '백 원의 대가' 때문은 아닐 텐데, 어버이날 내가 만든 종이 카네이션을 가슴에 꽂고 너무도 당당히 출근을 하시던 아버지를 잊고 있는 거라면 당신 앞에서 나이 먹은 티를 내는 같잖은 부끄러움을 꾸짖을밖에.

다리 밑에서 주워왔다는 언니 오빠의 놀림을 진짜로 받아들인 꼬맹이 막내가 '내 진짜 엄마 아빠를 찾으러 떠나야겠다'라고 또박또박 써내려 간 그날의 일기장은 고자질쟁이 오빠 덕분에 엄마에게 발각되었고, 내 나이 열 살에 대대적인 사건으로 기록되었다. 아이스크림을 사가지고 퇴근하신 아버지가 철부지 막내를 무릎에 앉히고 그 밤 내내 꼬옥 안아준 건 세월이 지날수록 더 선명해지는 가슴 시린 기억이다.
그래서일까… 그때 그 아이스크림은 그날 이후 지금까지 차마 입에 댈 수가 없다.

얼마 전 다리 수술을 하시고, 병실에 꼼짝도 못하고 누워 계신 당신을 보면서 집으로 돌아오는 길 내내 먹먹해지는 가슴… 그런 '가슴'은 두 번 다시 겪고 싶지 않지만, 언젠가 아주 먼 훗날 열

배, 아니 백 배 천 배로 무너져 내릴 것을 알기에 숨쉬는 순간순
간 생각만으로도 힘이 든다.

그래서… 내 나이에 '40'을 더한 당신의 나이가,
내겐 세상에서 가장 겁이 나는 일이다…

이 아침.. 당신의 깊게 주름진 얼굴이, 수술한 다리가, 평생 고질
병인 허리가 궁금해서 전화를 걸었지만 언제나 그렇듯 엄마의 목
소리만 듣고, 당신을 바꿔달라는 말을 하지 못했다.

더 늦기 전에 내 나이에서 하루씩, 한 달씩, 일년씩을 빼서 다시
당신의 뺨에 뽀뽀하는 그 어린 딸로 돌아간다면, 당신도 그만큼
날 따라와 줄까……
아직은, 날 겁쟁이로 만들지 말아줘요.

아무도 몰래

살금살금 뒤꿈치를 들고
슬그머니 등 뒤에 바짝 붙어서
아까부터 말하고 있어.

그랬다고,
그러고 싶다고,
그렇게 해도 괜찮냐고.

전이

일년 반 만이었습니다.

마치 어제 헤어졌다 오늘 다시 만난 사람처럼 스스럼없이 농담을
하고 술잔을 부딪치고 대화가 이어졌습니다.

너무 편한 얼굴로, 장난기 가득한 웃음을 지어주는 그에게 그 동
안 아무 일 없이 잘 지내 다행이란 말을 건네려던 참이었는데, 내
가 그의 얼굴을 보지 못한 여섯 번의 계절 동안 과로 때문에 뇌출
혈로 쓰러져 수술까지 했다 하더군요.

그리고, 뇌출혈로 수술을 하면서 발견하게 된 종양이 아직 그의
머리에 그대로 있다 했습니다. 지금은 위험하지 않아 그냥 그대
로인 채로 머리 속에 두었다고.

시한폭탄 같은 종양을 달고서도 무섭지도 걱정되지도 않는다는
그를 보며 문득 온종일 지치지 않고 내 머리 속에서 째깍거리는

당신을 나는 무서워했던가, 걱정했던가를 곱씹어 보았습니다.

우연히 부딪혀 슬그머니 혹처럼 내 머리에 생겨나 내 팔을, 다리를, 온몸을 장악하더니 기어이 내 마음에까지 전이(轉移)되어 버리고 만 당신은 더 이상 손 쓸 수도, 없앨 수도 없는 악성종양처럼 내게 깊이 뿌리박혀 있습니다.

한번 시작되면 어김없이 사나흘씩 가곤 했던 끊임없는 두통과 저녁 바람 한 자락, 지하철 에스컬레이터에서 코끝을 스치는 옅은 향수에도 주책없이 그렁그렁 눈물이 맺히고 마는 건 전부 당신이 내 머리 속에서 시키는 탓인 거라고밖엔 달리 설명할 길이 없습니다.

지금 당장은 위험하지 않을지도 모르지요.
하지만, 시간이 흘러갈수록 당신은 점점 질겨져 나를 꽁꽁 옭아맬 것을 나는 압니다. 알고 있습니다.

그러니 위험한 당신,
이제 그만 당신을 내게서 싹둑 잘라내야 하지 않겠습니까.
어쩌면 이미 그 시기를 지나쳐 버렸는지도 모르겠지만.

파편

집으로 가는 길가의 작은 베이커리 앞에 놓여진 화분을 보고

참 예쁘다 생각했던 것이 바로 어제였습니다.

사진으로 남기면 오래 두고 꺼내볼 수 있겠구나 싶어

카메라를 가지고 오늘 다시 그곳을 찾았습니다.

아뿔싸… 지난밤 엄청난 비바람이

이곳에도 왔을 거란 사실을 짐작하지 못했습니다.

작고 앙증맞았던 화분은 볼썽사납게 깨진 채로 바닥에 나뒹굴고,

그 안에 담겨 있던 흙과 화초는 뿔뿔이 흩어져 있었습니다.

ROWN BAKERY
CAKE
BREAD
COFFEE
BAGEL
SWEET
FRESH
HAPPY
Weekdays(AM ~   PM)
Weekends(AM ~   PM)
2nd & 4th   ys off
1865

다시 주워 담는대도

깨진 화분 안에서 초록 잎들을 자라게 할 순 없겠지요…

그러고 보니 그때 당신 앞의 나도 저 화분 같았습니다.

사람을 마음에 담는 일이 늘 뜻대로 될 수야 없겠지만,

당신에게 오는 마음 받아줄 수 없다 해도

그렇게 손톱을 세워 할퀴지는 말지 그랬어요…

마음이 늘 그 자리에 멈춰 서 있는 것은 아닐 텐데

아무도 모르는 사이, 어느 순간,

그때의 나처럼 당신 마음에도

누군가의 선명한 손톱자국이 남게 될지 모르잖아요.

간밤의 폭풍 같은 비를 견뎌내다 결국 깨져버렸을 저 화분이

얼마나 치열하게 '당신'을 지켜내려 했을지 나는 알아요.

그래서 처음의 그 예쁜 모습은 아니지만,

이렇게 파편이라도 찍어 위로해주고 싶었어요.

늦었지만, 당신이 모른 척했던 내 마음 조각에게도…

노란 불이 깜박거려

내게, 오는, 기억은,

노란, 불을, 깜박거리면서,

늘, 초췌한, 얼굴로,

매번, 다른, 이야기를, 꺼낸다.

네, 이야기를, 듣고, 있다가는,

영영, 도망칠, 수, 없을지도, 몰라.

어쩌면, 좋지?

정지
STOP
멈
멈
춤
춤
원당4 건널목
고장시 차단기 취급방법
031-965-3592
080-850-4982

겁쟁이

마음이 아팠는데,
정말 반창고를 붙일 일이 생겨버렸다.

한 겹, 두 겹,
반창고가 칼에 깊이 베인 엄지손가락을
감싸 안았다.

따뜻하구나.
고맙게도.

어쩌면 깊이 베인 건

손가락 따위가 아닌,

벌써부터 헤매기 시작한 내 마음.

억울하지만,

심장을 꺼내놓는 일은

안 할 테죠.

겁이 많아서,

그깟 놀이기구도 못 타는 걸요.

아직까지 그 흔한 자전거도 배우질 못한 걸요…

그게 뭐라고.

그게 뭐라고…

그렇게 해줘

아직은

행복하지 마라

부탁해

.

.

.

.

.

미안해

"KAP
ASAHI BREW

신파 드라마처럼

TV에서 오래 전 방영했던 드라마를 다시 보여줍니다.

그렇고 그런, 뻔하고 뻔한 신파극에

그저 눈 하나 귀 하나만 열어둔 채로

사이사이 다른 일을 하다가

어느 한 장면에서 벼락같이 시선이 멈추었습니다.

참 볼품없는 중년의 남자와 여자가

어쩔 수 없이 헤어지며 다신 보지 말자 약속을 하고는

동네 허름한 사진관에서 아이들처럼 마지막 사진을 찍더군요.

누가 보아도 지금 막 사랑을 시작한 사람들처럼 말이에요.

사진이라도 남기겠다는 무작정의 마음은

결단코 헤어지려는 사람의 헤어지기 위한 자세는 아닌 거겠죠.

그럼에도 막아놓은 뚝방 터지듯

끽끽… 울음이 터져버렸습니다.

잡히지 않는 실체, 절대 잡을 수 없는 실체에 대한 그들의 꿈이

어쩌면 스스로를 속이고 있는 사기라 해도

아름다운 건 눈물 나게 아름다운 겁니다.

구석구석 초라하다 해도

누가 뭐래도 진짜일 수밖에 없는 겁니다.

집 앞 골목길 가로등 아래에서의 뻔하고 뻔한 입맞춤처럼

눈물 콧물 짜내는 싸구려 드라마라 해도

당신이 나를 울리면,

신파가 되어도,

손가락질 당하는 것마저도

그저 좋을 수밖에 없는 것입니다.

표식

기온이 뚝 떨어져서일까.

찬바람이 스멀스멀 발끝에서부터 올라오는가 싶더니 오른쪽 배
근처에서 시큰거리는 통증이 느껴진다. 이런… 또 어김없이 맹장
수술의 후유증인 게다.

맹장수술을 한 것은 중학교 1학년 여름방학이 시작된 첫날이었
다. 아침부터 배가 아픈 건지 고픈 건지 열네 살 아이의 느낌으로
는 도저히 파악이 불가능한 그런 통증… 설마 맹장염일 거라고는
짐작도 하지 못한 채 배가 고프다는 결론을 내버리고 아침밥을
꾹꾹 눌러 담아 먹고, 그래도 느낌이 안 좋아 오후 내내 누워 있

다가 일어서려는 찰나 그대로 푹 쓰러져 버렸다.

그 길로 앰뷸런스를 타고 병원으로 갔고, 저녁 즈음에 수술에 들어갔다. 그날따라 일찍 퇴근한 원장선생님이 혹시나 약주라도 하실까 병원 측에서는 급히 전화를 걸었고, 다시 되돌아온 원장선생님의 집도 아래 난 태어나서 처음 내 몸에 칼이라는 걸 대었다. 마취를 시킨 후 이것저것 말을 거시던 의사선생님은 갑자기 숫자를 세어보라 했고, 나는 일곱인가 여덟까지 세다 말끝을 흐리고는 깊은 잠 속으로 빠져들었다.

누가 맹장수술은 아무것도 아니라고 한 걸까. 수술실에서 입원실로 이동하는 사이 마취에서 깨어 눈을 떴을 때, 정말이지 너무 아파서 죽을 만큼 아파서 그대로 '죽는' 줄 알았다. 유난히 비위가 약한 난 그날 밤새 토하느라 한숨도 자지 못했고, 덩달아 엄마까지 꼬박 뜬눈으로 간호를 하셨다.

퇴원하고 며칠 후 배에 붙여놓은 거즈를 떼는 순간, 그 시퍼렇게 질린 수술자국이라니… 시간이 흐르면 차차 흉터가 옅어질 거라는 사실을 알면서도, 그 파란 서슬에 까무러치듯 놀라 욕실에 주저앉아 한참을 엉엉 울었었다.
중학교 들어와서 처음 반장이라는 걸 한 아이는 그 한 학기를 너무 힘들어 했었다. 아마 방학 첫날 그 맹장이 터져버린 건 그 때문이었지 싶어. 그 소심한 아이가 속으로 얼마나 발을 동동거렸는지, 혼자서 얼마나 애를 태웠었는지는, 아무도 모를 테니까. 어쩌면 흉터보다도 그 동안 참아온 긴장이 '탁' 하고 풀려버려 그렇게 울음을 토해낸 건지도 모르겠다.

열네 살의 소심했던 아이는 지금도 여전히 소심한 채로, 다른 사람의 말과 행동 하나에도 마음 놓고 말을 하지도, 내키는 대로 행동하지도 못한다. …참 오래도록 그대로인, 고쳐지지 않는 '나'스러운 나.

수술 이후 왼쪽과 오른쪽 배는 평형을 잃었다.

수술부위는 반대편보다 살짝 볼록해진 채로 기어코 '맹장 없는' 표식을 남겨버렸다.

다치고 약을 바르고 그 위에 친친 붕대를 감고 다시 붕대를 풀고 나서도 어떻게든 흔적은 남는다. 눈에 보이지 않을 만큼 아무리 싹싹 지우고 모른 척하고 싶어도 습관처럼 찾아오는 통증은 반드시 있게 마련인 거다. 선명했던 수술자국은 이제 보일 듯 말듯 사그라지고 있는데, 이 시큰거림은 문득문득 시퍼런 칼날을 세우고 내게 겁을 준다. 매번 이 느닷없는 통증과 맞닥뜨릴 때마다 침대 위를 적시며 입원실 천장에서 똑똑 떨어지던 그 여름 장마가 준 파편과 그 속에서 '나 아프다'고 너에게 말하고 싶어 병원 공중

전화 앞에서 동전만 만지작거리던 일주일의 낮과 밤으로 순식간
에 되돌아가게 만든다.

잊을 수 없는 것들, 그래서 잊혀지지 않는 것들.
맹장을 떼어버린 그날부터 어쩌면 휑하게 비어버린 그곳을 하나
둘 채워갔던 건 아마도 수많은 너와 너의 모습을 하고 찾아온 기
억들이었던 거라고. 그렇게 하나가 비워지면 다시 무언가로 채워
지는 것이 당신과 내가 사는 이곳 이치인 거라고. 그러니 이제는
그 통증이 찾아와도 놀라지 말고 받아들여야 하는 거라고…
아직도 채워야 할 것이 많이 남은 거라 묵묵히 인정할 수밖에 없
는 거다.

HORSE
소비자가격
원
소비자가격

달리고 싶니?

네가 나를 놓아주면,

몸을 숙이고
고삐를 바짝 당겨서
바람보다 더 빨리
달려갈 수 있을 거야.

타닥타닥,
네게서 더 멀리 멀리.

Don't···

홈쳐보지 마세요.

엿보지 마세요.

귓속말도 하지 마세요.

힐끗 쳐다보지도 마세요.

한쪽 입술을 살짝 흘리면서 웃음을 내뱉지도 마세요.

나는요,

그런 당신이 차라리 안쓰러워요.

썬루프

온 방 안에 넘쳐흘러..
네가 넘쳐흘러……
이러다가 나,
잠겨버릴지도 모르겠다.

'하늘 보고 싶어했잖아'

그래,
하늘이 보고 싶었다.
그곳에서 너와 함께.

혼자 보는 하늘이 익숙해질 때쯤엔
내 옆 빈자리도 익숙해질까.

네가 열어준 하늘 아래서
난 그렇게 갇혀버렸다.

썬루프 2

오늘,

썬루프 위로 떨어지는 빗방울 때문에

설렘과 저릿함 사이에서

조금 헷갈렸던 날이었다.

오늘,

우울한 하늘 때문에

갑작스레 충동적으로

누구에겐가 똑.똑. 노크를 했고

아주 로맨틱한 영화를 보려다가

영화보다 더 좋은 사람들 덕분에

피와 발길질이 난무하는 영화를 보았고

영화가 아닌 사람들 때문에

평소보다 많이 웃고 즐거웠던 날이었다.

오늘,

말을 많이 했고

평소엔 먹지 않던 저녁도 먹었고

결코 보지 않았던 드라큘라 영화를 보았으며

평일 오후, 회사가 아닌 극장에

내가 있었던 날이었다.

사랑은,

어쩌면 생각보다 평범하고

어쩌면 그리 많은 설렘을

필요로 하지 않을지도 모른다.

그저 편안한,

그저 옆에 있어 따뜻한 그 느낌,

사랑은, 결코 대단하지 않을 수 있다.

내가 아닌, 당신이 만든 그 공기 안에서 얼마든지.

하늘 위에서 꿈꾸다

지금은 서울타워라 불리는 남산타워, 그곳을 올라가는 길은 언제나 거친 숨소리로 가득했습니다. 수십 개의 계단을 무릎 짚어가며 오르고 난 후에는 넓은 정자에 앉아 바람에 땀을 식히는 것이 순서였죠. 가쁜 숨이 어느 정도 진정되고 나면 엄마를 졸라 언니 오빠와 함께 나란히 파라솔 아래 앉아 먹던 핫도그가 어찌나 맛있었던지, 그곳에서의 가장 생생한 기억을 오물오물 베어먹던 핫도그였다 한다면 너무 별 볼일 없는 추억이 되어버릴까요?

그 탑의 맨 꼭대기 전망대에서 망원경으로 바라보던 서울 한복판
은 알아볼 수 없는 지도 같았습니다. 어디가 북쪽인지도, 어느 곳
이 우리 집 쪽인지도 모르는 채로 그저 아버지가 가리키는 손가
락 끝에서 고개만 끄덕거리면 그곳이 내가 아는 곳이 되어버리고
마는 마술…

지도를 볼 줄 아는 눈을 가진 나이가 되어 다시 찾아간 그곳에서,
고개 끄덕거리지 않아도 나는 손가락 끝 거기가 어디인지, 그 반
대편이 어디인지 다 알고 있었습니다. 모든 것은 그대로인데, 앞
만 볼 줄 알던 내 눈이 지금은 양 옆 백팔십도 혹은 그 너머까지
쉴 새 없이 뛰어다닙니다.

그래요, 시간이야말로 내가 아는 가장 위대한 마법입니다. 내 옆
에 머물던 시간들도 어느 책갈피 사이에 꽂혀져 있다가 바스락
책장 넘기는 소리와 함께 손끝을 타고 내려와 온몸으로 쏟아져
내린다는 것을. 그래서 시간에 기대 있는 기억을 끄집어낼 때마
다 저릿저릿 몸도 함께 아픈 모양입니다.

하늘로 올라가는 전망대 위에서 보았던 건 그때나 지금이나 그저
빈 하늘이었다가 어떤 때는 사람들이었다가, 결국 그 속에서 당
신을 찾아 두리번거리는 나였습니다. 시간의 마법이 통하지 않

는, 고집스럽게도 하나밖에 볼 줄 모르는 그런 '나' 입니다.

망원경에서 눈을 떼지 않고 당신을 찾는 내가
어리석다 해도, 지루하다 해도, 진력난다 해도
보이다가 보이지 않다가, 잡히다가 잡히지 않는
당신을 꿈꾸는 나만의 방식입니다.

PART 04

신기하게도, 당신…

하루에 한번,
기복 없는 인사만으로도 마음이 따뜻하게 데워져
아침부터 밤까지 온통 웃게 만드는 사람이 있다.

세상에서 가장 맛있는 커피

짜거나 매운 자극적인 맛을 그다지 좋아하지 않는 나는, 특히나 혀 전체로 스며드는 듯한 다디단 음식은 거의 입에 대질 못하는 편이다. 어쩔 수 없이 먹어야만 하는 상황일 때에는 그냥 꿀꺽 삼키는 것이 나을 만큼, 달달한 맛을 견디는 일은 쉽지 않다.

그렇다고 쓰디쓴 에스프레소를 즐길 정도로 세련된 주제는 못 되어, 커피를 마실 때에는 설탕 대신 우유로 그 쓴맛을 덜어내곤 한다.

이런 내게도 설탕이 들어간 커피를 좋아했던 적이 있었다.
학교에도 들어가기 훨씬 전인 예닐곱 살 적부터 홀짝홀짝 눈치 보며 마시던 '엄마의 커피'가 바로 그랬다.

엄마가 한 모금 마시고 식탁에 커피잔을 내려놓는 그때에 맞추어 두세 번, 많게는 네댓 번씩 내 작은 손과 고개가 바쁘게 움직여댔었다.

그 오묘하고도 달큰한 맛이라니…

설탕과 프림이 적당히 어우러진 엄마의 커피는 그 어떤 주전부리보다도 날 유혹하기에 충분했다.

아이에게 카페인이 좋지 않다는 걸 아셨으면서도 커피만 보면 말똥말똥해지던 내 눈을 모른 척할 수 없어 짐짓 못 본 척 시선을 반대로 향해주시던 엄마는 항상 맨 마지막 한 모금은 나를 위해 남겨두셨었다.

시내 어디서든 쉽게 만날 수 있는 커피전문점에 아직 한 번도 가보지 못하신 엄마가 요즘 들어 "거기서 파는 커피는 어떤 맛이냐"고 궁금해 하시길래 그럼 한잔 사가지고 오겠다 했더니, 커피 한잔 값이 얼마인지를 물어보신 후에 그만 됐다 하신다.

커피를 참 좋아하는 그녀지만, 집에서 타 마시는 커피가 전부인 그녀에겐 '그 비싼' 커피일 걸 모르지도 않으면서 매일같이 들고 다녔던 내 손이 뒤늦게 민망해지고 만다.

얼마 전 아기를 낳은 언니의 산후조리를 해주느라 며칠 사이 얼굴이 쏙 빠져 광대뼈가 불거져 나올 만큼 지친 그녀에게, 오월이 되면 창이 넓은 카페에서 맛있는 커피를 사드리겠다 약속했다.
물론 눈치 보며 마시던 그때 그녀의 커피만큼 맛있는 커피는 세
상에 없겠지만.

신기하게도, 당신…

매일매일 가만가만 차오르는 사람이 있다.

하루에 한번,
기복 없는 인사만으로도 마음이 따뜻하게 데워져
아침부터 밤까지 온통 웃게 만드는 사람이 있다.

조금의 기대와 약간의 욕심으로 그저 마음에만 담고 있어도
절대 넘치지는 않는 당신…
그래서 마음 놓고 안심해도 되는 당신.

그렇게 담담하게, 소리 없이, 흘러내리지 않게,
처음부터 끝까지 딱 그만큼 그 안에서
정직한 거리로 나를 설레게 해주었어요.

신 기 하 게 도
이런 마음도, 이런 바라보기도 있는 거였어요.
…그런 거였어요.

너무 오래 묵혀버린

'손 잡을까?'

당신의 오른손이 내 왼손에게 처음 말을 걸었다.

그래, 시작은 그러했다.

일년을 채우고,
또 일년을 채우고,

당신과 나 사이엔

그렇게 오래 묵혀온 일년들이 있다.

너무 오래 묵혀 언제 꺼내야 할지 까마득히 잊어버린

처음의 일년도 거기 있겠지.

마주 잡은 손바닥 사이로

말을 건 사람도

고개를 끄덕인 사람도

슬그머니 빠져나간 지 오래.

습관 같은 인연은

주먹을 쥔 채 펼치려 들지 않는다.

내 차가운 손이

따뜻한 당신 손 안에서

아이스크림같이 녹았던 적은

언제였을까…?

볼 빨간 아이

언제부터였는지는 정확히 기억나지 않는다.
그걸 알아차린 건 아마도 학교에 들어갈 무렵부터가 아니었을까.

남들 앞에 나서거나 당황스러운 상황에 맞닥뜨릴 때면 어김없이
얼굴이 붉게 달아오르곤 했다.

특히 여름이 오면 이글거리는 태양 아래서 순식간에 빨갛게 익어 행여 누가 볼까 내내 얼굴을 가리고 다니기 급급했을 만큼 나는 그렇게 여름을 싫어하는 아이로 자라버렸다.

그 증상이 '안면홍조증' 이라 불린다는 걸 안 건 최근에 와서다. 단순히 얼굴이 붉어지는 것이 아니라 다른 사람들보다 더 쉽게, 더 심하게, 오래 빨개지는데 혈관수축 기능이 제대로 작동하지 않아서 생기는 현상이라 했다.

평소에는 아무렇지 않다가 나도 모르게 순간순간 붉어질 때마다 마치 빨갛게 잘 익은 사과처럼 보이는 얼굴을 어찌할 줄 몰라 심장은 더 크게 쿵쾅거리며 온몸을 방망이질해 댔다.

치료를 하면 지금보다 나아질 수 있다고는 하지만, 그렇다고 당장에 병원으로 달려가 고쳐보려 하지 않는 건 그러고 나면 이 안면홍조증이 내게 만들어준 추억까지 모두 부정해버리는 것만 같아 어쩐지 마음 한쪽이 서늘해져서다.

남들과 다르다는 것, 그것이 내게는 특별함이 아닌 불편함으로 자리 잡았지만, 얼굴을 식히려 여름 내내 손목에 묶고 다니던 물에 젖은 손수건과 늘 가지고 다니던 하얀 양산, 빨개지기는 해도 절대 타지 않는 피부와 그리고 어쩐지 이런 나와 닮은 것만 같아 좋아하기 시작한 '빨간 머리 앤'까지, 이 모두가 불편한 내 '고질병'이 선물한 특별한 추억이 되었다.

그래, 불편한 건 불편한 거다.
남들의 시선에 부끄럼 많은 아이가 되어 버렸고 그 덕분에 계절이 바뀌는 때마다 민감해져 지독하게 계절을 타는 아이가 되었다.

그래도 쉽게 달아오르지만 오래도록 가라앉지 않고 마주치는 모든 것에 설레어 하는, 삼십육점 오도보다 더 뜨겁고 그만큼 더 강한, 내가 좋다.

작년에도, 올해도, 그리고 내년에도 붉은 여름은 과거형이 아닌 현재 진행형으로 내게 햇살처럼 쏟아져 내릴 테지만 예전보다 더, 어제보다 더 씩씩하게 마주할 것이다.

솜사탕

나,

솜사탕이 먹고 싶어.

손가락이 끈적끈적해져도

구름을 떼어내듯

천천히 아주 천천히

손으로 떼어 먹고 싶어.

열 세 살, 그 봄에

난 양손에 솜사탕을 쥐고

늦은 오후를 달리고 있었고,

그 아인 자전거를 타고

내 옆을 지나고 있었다.

"안녕"

네 목소리에 고개를 돌렸을 때

너는 이미 저.만.치. 가버린 후였다.

열 세 살에서 멈춰버린 너와 난

지금 어느 거리를

달리고 있을까.

… 어느 누구에게,

인사를 건네고 있을까.

지금 네가 있는 곳이

솜사탕이 있는 풍경이면 좋겠다…

김밥

엄마는 김밥을 좋아하신다. 그것도 식당에서 파는 김밥이 아닌, 집에서 직접 만들어 먹는 김밥을. 자주는 아니지만, 아주 가끔 "우리 내일 김밥 해 먹을까?"라고 내게 시간이 되는지를 물어보곤 하신다.

내가 할 일은 김밥을 마는 일. 몇 년 전 팔이 부러지는 사고가 있고 난 후에는 아무래도 힘을 쓰거나 하는 일은 무리가 있으셔서, 김밥을 마는 일은 전적으로 내가 맡아 오고 있다.

결혼해서 아이 셋을 낳고는 몸이 많이 좋지 않으셨던 엄마는 수술도 여러 번 받으셨다. 벌써 꽤 오랜 시간이 지났음에도 팔목에 선명히 드러나는 그 수술자국은 늘 마음에 멍울을 생기게 하는

데, 얼마 전 안과수술에선 가장 어렵다는 눈 수술을 하고는 그 고통에 순식간에 늙어버린 당신이 거울을 보고 충격을 받았다는 말에 아무것도 해 드릴 수 없어 가슴만 아렸었다.

내가 다섯 살 때였나. 하도 울고 보채는 나를 달래려 집 앞 계단에서 업어주시다가 발을 헛디뎌 그 계단에서 구르기까지 하신 엄마. 다행히도 난 흉터 하나 없이 다치지 않았지만, 엄마의 다리엔 뱀처럼 길고 흉한 상처가 남아버렸다.

다 커서도 항상 바쁘다는 핑계로 모든 것을 엄마께 맡겨놓고는 마음은 그렇지 않다는 비리고 비린 말로 면죄부를 덮어씌우는 간사한 나를 어찌해야 할까.

오늘 만든 김밥은 맛있었다.
아침에 먹을 김밥을 말고서도 꽤 많이 남아 오늘 하루 김밥만 먹어도 될 만큼.

엄마와 나의 김밥은,
엄마의 아프고 저린 팔목 때문에 하나하나 입으로 가져가 삼킬 때마다 당신 모르게 조금씩 조금씩, 목이 멘다. 문신처럼 내게 새겨진 당신이 식도에서부터 따끔거린다.

오월, 소풍처럼

언뜻언뜻 코끝을 스치는 바람이 진해졌다.

이럴 때면 창문 열고 하늘부터 확인하던 소풍날 아침, 눈도 제대로 못 뜬 채 세수도 하지 않은 꼬맹이의 얼굴을 감싸 오던 그때 그 살랑거리던 '바람' 냄새와 닮았다.

지금 생각해보니, 초등학교 1학년 때부터 고등학교 마지막 소풍 때까지 절반쯤은 비가 왔거나 혹은 비가 내리다가 중간에 그쳤던 것 같다.

그래서일까. '소풍' 하면 으레 후두두둑 빗소리와 새 운동화에 착착 감겨오던 적당히 젖은 흙바닥, 그리고 소풍 가방 한쪽을 묵직하게 차지하던 우산이 제일 먼저 생각난다.

그리고 아이들 상상 속에서 그럴듯하게 만들어낸 소풍괴담 속에 아무 상관도 없는 교장선생님을 악역으로 등장시킨 걸 보면, 소풍 때마다 내리던 그 비가 참으로 원망스러웠던가 보다.

새벽부터 일어나 손수 말아주신 엄마의 김밥과 주스며 초콜릿에, 과자로 그득하게 채운 배낭은 참으로 든든했다. 하지만 그렇게 채워간 배낭을 매번 반도 넘게 남겨왔던 건 학교가 끝나고 집에 돌아와 있을 언니 오빠 때문이었다. 조그만 아이가 무슨 큰 배려 씩이나 있었을까마는, 그저 '어딘가 한구석이 당겼다' 라고밖에 는 더 내놓을 말이 없다.

그렇게 서로의 소풍 때마다 우리는 늦은 만찬을 즐겼고, 그 덕에 엄마가 차려주신 저녁식탁 위에서 시원찮은 젓가락질을 하다가 사이 좋게 혼나곤 했었다.

이 오월, 아이들은 학교를 벗어나 소풍을 가겠지.

예전처럼 산이나 수목원 같은 곳이 아니라 비가 내려도 하나 걱 정할 것 없는 곳으로 거리 가득가득 쏟아져 나올 테고, 내 기억 속의 소풍과 달리 그네들의 소풍은 마치 가벼운 외출처럼 먹을 것 잔뜩 담은 소풍가방 같은 건 없을지도 모른다.

떠나는 데에 꼭 무슨 큰 의미를 두어야 하는 것은 아니다.

매일 가야만 하는 딱딱한 콘크리트 위의 빌딩만 아니라면, 굳이 '소풍' 이라는 이름표 붙이지 않아도 두 발 닿는 곳 어디든 빨갛 고 노란 꽃들 앞에서라면 털썩 엉덩이 붙이고 앉아 그대로 잠깐 졸아도 괜찮겠다.

하루의 절반 이상을 저당 잡힌 채 살고 있다 해도 결국 조여진 목 을 푸는 건 다른 누구도 아닌 내 할 몫인 게다.

이 아까운 계절, 달력에서 찢어낸 후 도로 물러달라 떼쓰지 말고 가볍게 가방 꾸려 나서고 말자. 그 가방엔 그때처럼 알맹이 톡톡 터지는 깡통주스도 잊지 않고 꼭 담아갈 테다.

점화

한순간
번쩍,
불이 켜졌습니다.

꼭꼭 숨겨놓았는데
꽈악 붙들어놓았는데

이렇게
내 안에서
당신이
켜지고 말았습니다.

당신이
너무도 눈부셔서
차마, 끌 엄두가 나질 않습니다…

눈물 두 병

안과에 다녀왔다.

얼마 전부터 안구건조가 심해져 아무래도 안 되겠다 싶어 시간을 내어 찾았는데, 각막이 헐어버려서 각막염으로 발전했다는 의사 선생님 말씀...

염증을 치료할 안약 한 병과 인공눈물 한 병을 받아와서는 매일 매일 네 시간마다 점안하고 좀 나아지나 싶더니 어느새 안약이랑 눈물이 모두 바닥나 버렸다.

이주일 만에 다시 찾은 병원에서는 각막염이 거의 다 나았다는 희소식을 전해주었고, 그래도 지속적인 치료가 있어야 한다며 다시 눈물 두 병을 처방해 주었다.

한 달간 내게 필요한 눈물…
인공눈물 한 방울이 눈에 떨어지면 흠칫, 따가워서 질끈 눈을 감아버리게 된다. 여전히 내 눈은 약한 바람에도 금세 시려하고, 눈 안에서는 까끌까끌 작은 돌멩이들이 굴러다니는 듯한 통증에 시달리지만, 그렇다고 직업상 컴퓨터 없이 일을 할 수도 없고, 추운데 히터를 틀지 않을 수도 없으니 늘 이렇게 눈물을 따로 준비해서 다닐 수밖에.

나는 눈물이 많은 아이였다.
아무것도 아닌 일에도 늘 훌쩍거렸고, 남들 앞에서 울 수 없어 몰래 화장실에 숨어 혼자 소리 죽여 울 때도 많았다. 울고 난 후면, 늘 눈이 아팠다. 내 눈물은 나만큼이나 까다로워서 어김없이 두통을 동반했지만, 억지로 눈물을 참으면 이상하게도 심장 언저리가 저릿해지고 말아 그럴 수도 없었다.

어렸을 때는 길에서 넘어지면 울었고, 잘못을 저지르고선 혼날까봐 울었다. 마치 스위치처럼 '딸각' 하는 소리와 함께 눈물은 그렇게 흘렀다. 하지만 지금은 복잡하게 엉킨 전선처럼 그 중 어느 끝에서 눈물이 시작되는지 단박에 알아낼 수가 없다. 하나하나 풀어내어 겨우 찾아낸 순간, 잠시 숨을 참고 있던 눈물은 그사이 말라버려 그렁그렁한 흔적만 남기고 만다.

우는 사람을, 우는 어른을 보는 일은 흔하지 않다. 겨우 영화나 드라마에서, 그것마저도 계획적으로 만들어진 '인공'의 눈물이 대다수다.

사람들도 나처럼 눈물이 말라버렸을까. 모두들 마음이 딱딱하게 굳어버려 눈물 같은 건 보이지 않는 것일까. 아니다. 아닐 것이다. 망설이고 있는 것이다. 어느 시점에서, 누구 앞에서, 어떻게 울어야 하는지를 망설이다 마음을 꺼내놓지 못하는 것이다.

눈을 자주 깜박여주라 했다. 의식적으로라도 그렇게 해야 이 안구건조증이 나아질 거라고. 어쩌면 나는 너무 오래, 너무 한 곳만을 바라보느라 깜박거리는 것조차 잊었던 건지도 모르겠다. 당신을 놓칠까 다른 곳은 보지 않고 조마조마하며 당신에게만 고정시켰던 마음이, 이렇게 눈물을 따로 가지고 다녀야 하는 짐이 되어버렸는지도 모를 일이다.

손가락 반만한 내 인공눈물을 넣은 플라스틱 병에 작은 돛단배

한 척 담아두었으면 좋겠다. 그래서 파란 바다도 볼 수 있었으면 좋겠고, 하얀 갈매기한테 소리도 지를 수 있었으면 좋겠다. 물빛보다 더 파란 하늘빛에 반할 만큼 멀리멀리 나아갔으면 좋겠고, 태양과 만날 수 있을 만큼 가깝게 다가가 늘 차갑기만 한 내 두 손, 두 발 따뜻하게 데워올 수 있었으면 좋겠다.

…당신 없이도, 그럴 수 있었으면 좋겠다. 그렇게 차츰차츰 인공 눈물 없이도 당신을 편하게 바라볼 수 있도록 이 오랜 마음에 휴식을 줄 수 있다면 정말, 좋겠다.

당신의 우물엔
누가 살고 있습니까

사랑했던 남자를 이십 년이 훨씬 지나서

이미 중년의 나이에 어느 공항에서 우연히 만난

한 여류화가의 이야기를 읽었다.

이십 년 만에 마주한 그가 그녀에게 건넸다는 말…

"왜 나는 너를 잊지 못하지…?"

평생 잊지 못하는 인연은 어떻게든 만나게 되고 마는 걸까.

하늘에서 내려다보면 그저 작은 웅덩이에 불과하지만,
땅 밑에서 쌓아 올라간 우물은
저 혼자서 그 하늘을 가.둔.다.

너에게로 가는 마음이 자꾸만 자꾸만 넘쳐서
내 안에도 작은 우물 하나 만들어 그렇게라도 가두려 하는 건
숨쉬는 사이사이 행여라도 널 놓칠까 겁이 나서다...

우물이 아무리 깊다 해도 평생 가두어둘 순 없겠지만
누구든 가슴속에 그런 흔적 하나쯤 새겨놓고
문득문득 되새김질하며 살고 있지 않겠는가.

one－way

이미 그 마음 앞에까지 와버렸는데
다 찼다고 되돌아가라 하면
너무 무책임하잖아요.

한참을 달려왔어요.
그리고 이렇게 또 한참을 기다리겠죠.

알아요…
지금은 비어 있는 자리가 더는 없다고
조금만 더 일찍 말해주었대도
내가 뭘 할 수 있었겠어요…?

이렇게 당신 앞으로 달려가고
당신을 기다리는 일밖에는.

… 한번 정해버린 방향은 바꿀 수가 없는 걸요.

보이지 않는 당신

나는 저 구두 속의 발을 안다.

살을 파고드는 두껍고 날카로운 발톱과

돌덩이처럼 딱딱하고 거칠거칠한 발바닥,

그리고 엄지발가락 안쪽에 깊이 뿌리박혀 있는 티눈을 가진

당신의 발을 알고 있다.

바쁜 걸음 끝에서 볼품없어진 구두처럼

헉헉거리며 숨차하던 시간들이 당신 발에도 고스란히 남아

문신처럼 그렇게 아로새겨져 버린 것일 테지.

남들 앞에 보일 수 없는 각질투성이 발이 부끄러워
한여름에도 발목까지 올라오는 양말 속에 꽁꽁 숨겨두고
아무렇지 않다 환하게 웃는 얼굴이
나는 못내 안쓰러웠다.

손가락질 받을 일이 아닌데도
누구나 한 가지쯤은 감추어 두는 것들이 있다.
그저 눈에 거슬리거나 취향이 같지 않다거나
아니면 그냥 아무 이유 없이 싫은 그런 이유들로,
사람들에게 온전한 나를 보여주는 일은
애초부터 가능하지 않은 일이 되어버리고 만다.

손가락 하나, 발가락 하나, 그렇게 하나씩 감춘다 해서
당신이 '당신'이 아닌 것은 아니다.
내가 '내'가 아닌 것은 아니다.
어쩌면 보이는 당신보다 감춰진 당신이
더 '당신'답다는 걸, 가장 '당신'에 가깝다는 걸…
그래서 사람과 사람 사이에서 때론 보이지 않는 진실이
더 많은 법이다.

바빴던 당신의 걸음이 결코 낡은 걸음이 될 수는 없다.

그 걸음 하나하나에 꾹꾹 눌러앉은 '당신' 이 있고,

'당신' 의 이야기가 있다는 것을,

그러니 얼마든지 당당하게 바람 속에 그 발을 내놓아도 괜찮다.

부드럽고 매끈한 발, 잘 다듬은 발톱보다도

그 투박하고 땀에 젖은 당신의 발이

나는 더 애틋하다.

그래서 눈물겹다.

여운

비가 오면 생각나는 사람이 있다.

여름에 만났던 사람.
몇 개월의 짧은,
하지만 '여운'은 제법 길게 나를 옭아매었던…

내 감정은 다분히 충동적이다…
한번 빠져들면 혼자선 멈출 수 없을 만큼
깊게 빠져 그대로 침잠하고 만다.

그때도 그랬다…

비가 참 많이 왔었다.
바람에 이리저리 흔들리는 우산이 있었고,
늘 젖어 있는 손과 발과, 어깨가 있었다.

그 여름만큼 우울했던 내가 있었고,
그 사람의 자리가 있었다.
아프게, 하지만 웃으면서 등을 돌렸던 장면들.

많이 많이 기도했었다.
행복하라고, 예쁘게 살라고.
나 역시도 이젠 잊어가는 기억이지만
지금 이렇게 따뜻했던 그 모든 것에 감사할 수 있는 건
내 예뻤던 시절이
비에 젖은 그들 옷자락 끝에도 번져 있기 때문이다.

오래 전 인연을 찾아가는 길은 쉽지 않다.
그대로겠지, 라는 희망과 아직도, 라는 기대는
기어코 상처가 될 걸 우리는 모두 알고 있다.
변한 인연은 변할 수밖에 없었겠지, 라며 토닥거려주어야 한다.

스쳐 지나간 인연은 그저 가끔 한번씩 궁금해하며
너무 수다스럽지 않게 말 한마디 건네면 그걸로 족한 것.

여름이 오면,
오늘처럼 비가 내리면
한번씩 떠올라 나를 스쳐가는 사람.
비가 내리면
그 사람도 나를… 기억해줄까?

퍼즐

자그마치 일년 동안이나 멈춰 섰던
'총기(聰記)'가 다시 돌아오고 있다.
거의 반 치매 상태로 내 자아까지 의심으로 몰아세웠던
엇박자의 불안감…
스스로 스트레스성 질환이라 떠들며 위안을 삼았지만,
어찌 되었건 다시 그 순간의 색깔과 하늘,
그리고 바람 냄새까지 감지해 내고 있다.

회복기다!

이젠 이 계절을 견디는 일만 남았다…

또다시 너를 꺼내놓아야 한대도
분산된 기억의 조각을 맞추는 작업은
한동안
나를
집요하게 만들 것이다.

엘리베이터 밖에서

엘리베이터를 타고
그가, 황급히 내려간다.

한두 마디 건네고
한두 마디 건네받고
한두 마디 대답하고
그리고는…
그렇게 엘리베이터의 문이 닫혀버렸다.

스스로에게는 면죄부를,

타인에게는 최면을 거는 당신은

내게는 아직 대단한 사람.

당신이 건 최면에서 깨어날 때쯤엔

엘리베이터는 이미 1층에 닿아 있겠지.

내가 믿었던 '너' 와

너를 믿었던 '나' 는

어쩌면 단 한 순간도 마주 본 적이 없었는지도 모른다.

어디서부터 알아차리지 못했을까.

언제부터.. 너는, 네가 아니었던 걸까.

난 여기 하늘에 가깝고

당신은 거기 땅에 가깝다.

특별함에 대한 조바심

스무 살 무렵,

너무 충동적이어서 스스로도 감당하기 어려웠던 그때, 길거리에

서 친구를 버린 적이 있다.

탑골공원 앞,

앞서 걷고 있던 친구 뒤에서 순간 걸음을 멈추고 나는 도망치듯

그 자리에서 순식간에 사라져 버렸다.

그날 친구는 종로 바닥을 몽땅 뒤지며 나를 찾았다고 했다.

하지만 나는 집으로 걸려오는 전화조차 받지 않으며 그렇게 한참 몇 개월을 그 아이 앞에 나타나지 않았다.

음악을 하고 그림을 그리고 시와 여행을 좋아했던 그 친구는 거칠 것 없는 솔직함으로 사람들 시선 따위 신경 쓰지 않는 사람이었다. 그런 그 아이가 내게는 마치 4차원에서 온 것마냥 신기했었고, 그렇게 시작된 호기심으로 그 아이와 친구가 되었던 것 같다.

그런데 그날은 긴 머리카락으로 인사동 거리를 활보하던 네가 사람들의 너무 많은 주목을 받았고 그 옆의 내게로까지 옮겨온 시선이 나로선 너무 벅찼던 게 보잘것없는 변명이라면 변명이었다.

좀 더 솔직해지자면 네 특별함에 기대어 나도 같이 특별해지고 싶었던 마음을 그날 스스로에게 들켜버린 것이 창피해 순간적으로 숨고 싶었던 거라 고백한다면, 내 변덕이 너무 심했다 이제 와 늦게라도 원망해올까.

막연한 동경(憧憬)만으로 누군가의 곁에 머무른다는 것이 얼마나 위험하고 불안한 것인지 모른다.

항상 남들과는 다르고 싶었던 내 조바심이 특별한 무언가, 특별한 누군가에 대한 집착을 만들어냈던 거라면 그 조바심에 호흡이 가빠지는 건 결국 '나'란 사실을 지금은 안다.
'특별'하다는 건 누군가에게 기대어 얻어낼 수 없다는 것을 널 버렸던 그 거리의 나는 알지 못했다.

지하철역에서 날 기다리며 노오란 프리지아 한 다발과 조병화 시집을 건네주었던 그 친구가 처음 기타를 배울 때 쳤다며 기념으로 내게 주었던 연두색 피크가 얼마 전 책장을 정리하던 중에 그 시집 안에서 나왔다.

이십 대가 슬그머니 가버린 것처럼 강렬했던 느낌만 남기고 지금은 내 옆에 없는 너를 언젠가 다시 만나게 된다면, 옛날에 그랬던 것처럼 네가 치는 기타소리를 들으며 조병화 시인의 시를 소리 내어 들려주고 싶다...

생각해봐.

‥‥‥‥‥아직도 생각이 나?

아직도 그렇게 눈물이 나…?

아이가 사는 나라

태국에서 캄보디아로 넘어가기 위해서는
차를 타지 않고 걸어서 국경을 통과해야 한다.

두 나라 사이의 경계선에 다다라
타고 왔던 버스에서 내려 짐을 손수레로 옮겨 싣던 중
순간 내게로 오는 한 시선에 멈칫하고 고개를 들었다.

손수레의 맨 앞 그 좁고도 위험해 보이는 구석진 자리에
짐꾼의 딸인 듯한 한 여자아이가 타고 있었다.
대여섯 살쯤 되어 보이는 그 아이는
질겅질겅 쉴 새 없이 무언가를 씹으면서
그 크고 까만 눈으로 계속해서 나를 쳐다보고 있었다.

그 시선을 처음부터 알아차리지 못했던 건
흔히 아이들에게서 볼 수 있는 천진난만함과는 거리가 먼
어쩐지 매서워 보이는 눈매 때문이었던 것 같다.
그 까무잡잡한 피부와 짙은 눈썹보다 더 강렬한 아이의 눈동자는

당황스러움과 함께
한편으론 알 수 없는 측은함을 불러오게 했다.

친구들과 어울려 깡총깡총 뛰놀아야 할 그 애의 나이가
시끄럽고 복잡한 이 시장통 저 손수레 안에서
콘크리트 같은 얼굴로 굳어질까 나는 더럭 겁이 났다.

표정 없이 열 살을, 스무 살을 건너뛰면 어쩌나 하는 마음에
한참 동안 그 아이 앞을 뜨지 못하고 머뭇거린 그때,
아이의 손을 잡고 웃어주지 못했던 것이 내내 마음에 걸린다.

내 나라 안이든, 내 나라 밖이든
어느 하나 어여쁘지 않은 아이들은 없다.
낯선 사람에게도 전혀 아랑곳없이 조막만한 손을 벌리는 아이가
벌써부터 세상에 물들었다 흉보진 말자.

가지고 있던 초콜릿을 한 개씩 손에 쥐여주었더니
조금 뒤 저만치 떨어져 있는 또래 한 아이를 가리키며
저 아이에게도 하나 주면 안 되겠냐고
말간 얼굴로 날 바라보던 그 아이들의 눈을 나는 보았다.

세상 어느 곳이든 아이가 사는 나라는 그것만으로 축.복.이다.

그곳을 찾는 낯선 이들과의 만남 속에서
그 아이들이 너무 빨리 자라지 않기를,
행여나 미리 지치지 않기를 바라는 것이
그저 내 괜한 걱정이었으면 좋겠다…

얼굴 없는 누군가

아무리 아무리 생각해도

도통 너의 이름이 떠오르질 않아.

드라마 속 어느 배우와 닮았다고 생각했던 너의 얼굴도…

어쩌면 이미 너에게도

내 눈, 코, 입은 몽땅 지워진 채

하얗게 표정만 남았을지도 모르지.

그날, 대학로 어딘가에서

서로의 이름을 물으며 인사를 했던 우리는

지금 어디를 헤매고 있는 걸까.

이미지 없이 희미한 윤곽만 남은 기억 속에서

그 마음의 흔적과 대화의 부스러기까지

너를 향해 있던 나의 이.야.기.는 고스란히 '네' 가 되어 버렸다.

기록되지 않은 표정과

수십만 개의 프레임 속에서

얼굴만이 재생되지 않는 건

내 머리가 기억하는 지난 시간을 뒤집지 않기 위한 마지막 배려,

마지막 선물.

Delete

편한가요?
편해졌나요?

나는,
두고두고
불편해요.

당신의
뒷모습을,
앞모습을,
옆모습을,

하나도 남김없이
지워주세요.

버스 안에서

친구의 결혼식을 다녀왔다.

아는 이 하나 없는 그곳에서

그녀의 웨딩드레스와 의식적인 웃음과 쉴 새 없이 터지는 불빛,

그리고 여기저기 무리 지어 있는 사람들 사이에서

혼자인 것을 들키지 않으려 무심한 척 표정을 감추느라
얼굴에 경련이 일어날 것만 같았다.

기왕 왔으니 비워진 배를 채우기나 하자며 식당에 가서는
혼자 온 사람은 나 하나뿐인 걸 알고는
결국 얼마 앉아 있지 못하고 서둘러 그곳을 빠져 나왔다.

왔던 길도 도로 찾아가지 못하는 심각한 길치인 나는
한참을 걸어 버스정류장을 찾아낼 때까지
자꾸만 전화를 걸어 누군가를 찾고 싶었다.
그랬다.
이미 어둑어둑해진 그 저녁의 낯선 길들 속에서
누군가는 당신이었고, 당신이어야만 했다.

여의도에서부터 한 시간 남짓
텅텅 빈 버스를 타고 돌아오면서
열어둔 창으로 불어오는 바람이 그나마 마음에 들어
열린 틈새로 '휴…' 하고 숨을 내쉬며 그제서야 경계를 푼다.

그 바람,
어쩌면

하루 종일 온전히 혼자였던 내게,
내가 준 유일한 선물…

머리와 가슴이 따로 넘나드는 내 비정상적인 시간들 속에서
전화를 걸어 목소리를 찾고 목소리에 닿고 나면
정작 할 말은 빙빙 돌아 다시 내게로 와 멈추고 마는
이 끝이 나질 않는 반복들은,
종착지까지 가는 내내 정류장마다 멈춰 서도
사람들이 채워지지 않는 이 버스 같다.

나는
올라타는 사람들을,
내리는 사람들을,
하나, 둘 세기 시작한다.

당신의 손가락을 세고
당신의 머리카락을 세고
당신이 멀어지고 있는 하루를, 이틀을 센다.

이렇게
매일매일

보이지 않는 마음들이,

고.통.스.럽.다.

빨래

너무 차갑지도 너무 뜨겁지도 않은 물에

당신을 담근다.

한참을 젖어 들게 하고 나면

조물조물 비누칠을 하고

손을 맞대어 비벼가며

내게 물든 당신의 얼룩을 뺀다.

행여 조금이라도 남을까 봐서

싹싹 다시 한번, 다시 또 한번.

다섯 번, 여덟 번, 아홉 번, 열 번…
몇 번의 헹굼을 더 하고서야
양손에 힘을 주어 꼬옥 비틀고 난 뒤,
탁.탁. 당신을 털어낸다.

뜨겁게 뜨겁게 쏟아지는 햇빛을 그대로 받아
물기 하나 없이 바짝 말려질 때쯤,
가만히 손을 뻗어 당신이 날아가 버리고 없는 나를 만진다.

젖어 있지도, 촉촉하지도 않은
소금기 없이 서걱거리기만 한 내가 손끝에 닿는다.

그제서야,
참았던 눈물 한 방울이 떨어진다.

툭, 툭, 투두둑…

그렇게 당신이 내게서 깨끗이 지워진다.

당신이 그랬던 것처럼

고등학교 1학년 겨울이 끝나 가던 그 즈음, 아버지께서 정년퇴직을 하셨다.

신문사 광고국 그래픽 디자이너셨던 아버지는 주말에도 회사에 나가시거나 혹은 일거리를 집으로 가져와 햇빛 들어오는 베란다 옆 거실 끝에서 코끝에 안경을 걸치시고는 바닥 한 가득 잉크며 수십 개의 펜과 연필, 제도도구들을 늘어놓은 채로 그 자리에서 꼼짝도 하지 않으시고 하루를 보내곤 하셨다.

그런 아버진 가끔 내 미술과제에 덧칠을 해서 마법을 부려주기도 했었고, 언니와 오빠에겐 그 손재주를 고스란히 물려주어 이십 년 전 말띠 해던가… 언니가 스케치한 말 그림이 새해 첫날의 신문 1면에 커다랗게 실렸던 적도 있었다.

기억 속의 아버진 그렇게 바빴었는데, 앨범을 펼치면 아버지가 찍어주신 수십 장의 사진들 속에 내 어린 날들이 고스란히 담겨 있는 걸 보면 바빴던 당신과 카메라로 날 찍어주던 당신이 마치 다른 사람인 것만 같아 문득문득 신기해지고 만다.

엄마와 손잡고 절에 올라가는 뒷모습을 먼 거리에서 찍은 사진도, 한여름 계곡에서 입을 오물거리며 밥을 먹다가 당신을 쳐다보던 순간을 절묘하게 찍은 사진도, 언니 오빠와 싸우고는 심통이 나서 입을 삐죽거리던 얼굴과 넘어져 빨갛게 피가 난 무릎인 채로 손에는 과자봉지를 들고 예쁘게 먹는 척하며 새침하게 당신을 바라보는 나를 찍은 사진까지, 당신이 아니었으면 내 것이 아닐 수도 있던 시간들이 당신 손끝에서 켜켜이 쌓여 이렇게 내 것이 되었다.

그렇게 당신은 나를 찍어주었다.
그렇게 당신은, 손가락 사이에서 모래처럼 빠져나가고 말았을지도 모를 나의 '그 시절'을 담아주었다.
당신 눈에서 세 살의, 다섯 살의, 일곱 살의 내가 찬란하게 찍힐 동안 당신은 늘 프레임 밖에 있었다는 걸 그땐 알지 못했다. 사진 속의 내가 찬찬히 나이를 먹는 동안 당신 역시 사진 밖에서 나이 들어가고 있었을 텐데, 사진 속에서 내 모습만 찾던 나는 당신의 늘어진 눈 밑 주름을 보지 못했다.

몇 해 전 오월의 어느 날, 온 식구가 집을 나서 근처 대학교 교정으로 봄소풍을 갔었다. 언니와 내가, 오빠와 내가, 우리 셋이 함께 하는 사진을 찍고 엄마와 당신을 찍고, 그리고는 각자의 독사진을 찍고서 마지막엔 지나가던 사람에게 부탁해 다섯이 함께 있는 가족사진을 찍었다.

십년 만이었다.

퇴직을 한 어느 순간부터 카메라를 손에 들지 않던 당신과 언젠가부터 카메라 앞에서 당신을 바라보지 않던 내가 멀지 않은 거리에서 서로를 카메라에 담은 것이.

간간이 입김을 불어대는 봄바람으로 주위는 온통 벚꽃으로 흩날렸지만, 바람에 실려 온 건 꽃잎만은 아니었다. 렌즈를 사이에 두고 서로를 바라보던 우리, 셔터를 누르던 그 순간 나는, 당신은, 십 년, 이십 년의 시간쯤은 바람을 타고 단숨에 거슬러 올라가 온전히 서로를 담고, 서로에게 담겼다.

친구와 함께 할 때보다, 연인과 함께 할 때보다, 가족과 함께 하는 이 순간이 그 어떤 때보다도 행복하다는 걸. 내 피붙이에 대한 그리움이 손끝에서 시작해 심장까지 돌고 돌아 뻐근해질 만큼 욱신거리고 만다.

지금보다 오랜 후에, 아니 이왕이면 아주 아주 오랜 후에 그날의
그 사진들이 눈물 나도록 아파질 때가 있겠지.
그래도 행복할 거야…
우리가 함께 했던 봄날 오후는 생.생.하게 기록되어 있을 테니까.

당신, 이제 할아버지가 되었다. 렌즈로 나를 바라보던 시선보다
웅얼거리는 손주를 두 팔 가득 안고 예뻐 어쩔 줄 모르는, 활처럼
휘어진 눈이 더 잘 어울리는 그런 당신을 이젠 내가 카메라에 담
는다.
찰칵, 하고 셔터를 누르면 당신이 내 손끝에서 실타래처럼 천천
히 감겨 온다. 당신이 내게 그랬던 것처럼.

시기적절한 등장

새삼스레 가슴이 떨리는 이유.

누군가의 부재,
그리고
누군가의 존재.

일부러 마음을 엮은 것도 아닌데
매번 이렇게 교차하고 마는 여분의 마음들이
안타깝다...

술래를 기다림

중학교 3학년 때, 시험까지 치르며 편집부에 들어갔었다.
교지를 만들기 위해 모인, 나름 학교 역대 최초의 선발 편집부였
고, 그런 만큼 부원들 역시 뿌듯함으로 교지를 만들었었다.

2학기부터 시작된 교지 작업은 졸업 전까지 계속됐었다.
한 권의 책이 나오기까지 얼마나 많은 노력과 사람들의 열정이
따르는가를 알게 되었던 그때, 고등학교 들어가기 전에 미리 공
부하지 않고 아침부터 밤까지 교지 작업만 한다고 엄마의 걱정은
끊이질 않았다. 그래도 그땐 그 일이 내가 있는 세상의 전부였고,
선생님과 부원들이 가장 중요한 사람들이었다.

원고를 모으고, 취재를 다니고, 교정을 보고, 표지를 만들고…
새삼 우리가 모여 있던 그 상담실의 풍경이 누군가 가슴을 누르
기라도 하는 것처럼 눈에 밟혀온다. 그곳에서 노래도 부르고, 그
림도 그리고, 글도 썼으며, 선생님들 책상에 꽂힌 책도 몰래 가져

다가 보았던…

점심엔 자장면과 짬뽕이 주요 메뉴였고, 가끔 된장찌개와 김치찌개가 맛있는 백반도 배달되어 왔었다. 운동장에 내리던 밀가루처럼 하얗던 눈도 기억하고 있고, 늦은 밤 상담실 문이 잠겨 창문을 열고선 운동장에 대고 구해달라고 소리치던 기억도 있다.

그땐 그랬었다.

허물없이, 스스럼없이 너와 내가 '우리' 였던 시절.

열여섯에 맺어진 그 인연이 해를 거듭할수록 어느덧 그 시절에서 차츰차츰 멀어져 그들에게 걸쳐 있던 내가 의자에 걸쳐놓은 옷자락 떨어지듯 한순간 '툭' 바닥에 닿아버렸다.

가끔 한두 명과 연락을 하면서 띄엄띄엄 아이들의 소식을 듣는 사이사이 누군가는 결혼을 했고, 누군가는 외국에 가서 살고 있다는 걸 알.고.만. 있다.

보고 싶다고 말하기엔 내가 그들 곁에서 너무 오래 자리를 비워둔 탓이다.

나이를 먹을수록 가슴에 와 닿는 건, '내 사람' 에 대한 조바심과 후회들… 일부러 멀어지려 한 것은 아니었는데 결국은 멀어져 버린 인연들에 대한 아쉬움.

이젠 너무 오래 걸렸던 이 숨바꼭질 놀이를 끝내고 다시 열여섯

그 말간 눈의 아이로 돌아가 술래에게 잡히고 싶어…

PART 05

그래도, 그대로 남아

… 당신인가요?
내 마음 밑바닥에 침전된 채로
아무리 그 미련을 모조리 마셔 없애도
끝까지 가라앉아 있는.

참 편리한 가슴

그저 한번,
술 한잔 앞에 놓고
나는 진짜였다고, 진심이었다고
너에게 말할 수 있으면 되었다.

미안하다, 가 아니라
나도 그랬었다… 로
다시 시작하자, 가 아니라
지금도 그렇다… 로.

희망은 없고
이젠 '내' 것이 아닌 백지 같은 사.람.만 남았다.
허옇다 못해 마치 투명인간처럼 나를 그대로 통과해
저리로 지나가 버리는.

나는
어떻게, 말을 걸고 고개를 돌려주어야 할지 머뭇거린다.

아무 일도 없었다는 듯이,
처음부터 그런 일은 없었다는 듯이,
아… 당신의 참 편리한 가슴.

따뜻할 수 없는 당신에게,
삼십육점 오도를 자랑하며

그때 그 사람은 이렇게 말했었다.

"그 사람은,

내가 유일하게 차갑지 않게,

그러니까…

미지근하게 대할 수 있는 사람이겠지."

미워하지 않기로 했다.

그저 코드, 가 다른 당신과 나였을 뿐이다.

지쳐버린 듯 스쳐 지나다가
우연히 눈이 마주쳤을 뿐이다.
벼락처럼, 시선이 오고 갔을 뿐이다.

당신은 미지근한 사람을 찾으면 될 테고,
나는 따뜻한 사람을 찾아서
행복해지면 될 일이다.

뜨거운 레몬티 한 잔을 앞에 놓자마자
다시 제자리를 찾은 시력이
얼어붙었던 체온을 돌아오게 한다.
다행스럽게도 삼십육점 오도.

아직 차가운 그대,
그래도 당신을 미워하는 일은
아무래도 힘들 것 같아요.

초록 장갑

햇빛에 바짝 말려진 수건을 개어 욕실 서랍 안에 차곡차곡 얹어 놓다가 그 아래 무심한 듯 구석을 차지하고 있던 초록색 이태리 타올 몇 장이 눈에 들어온다.

언제 사두었는지 기억도 나지 않는데, 새삼스럽게 이태리 타올이라니… 손을 뻗어 그 네모난 초록 장갑을 만지작거리는 순간, 반사적으로 이미 당신을 부르고 있는 나를 알아채었다.

7년 전 여름 그날 아침 일찍 집으로 걸려온 전화는 어쩐지 받고 싶지가 않았다. 이상스레 자꾸 전화벨에 신경이 쓰이더니, 멀리서 들려오는 목소리.. 오랫동안 자리에 누워 계시던 외할머니가 조금 전… 가셨다 했다.

눈물이 날 줄 알았는데 이상하게도 눈물이 나지 않았다.
3일 내내 상을 치르면서도 그저 멍하기만 했고, 더위에 지친 끈적끈적한 몸을 씻으러 집에 갔다가 안락한 침대 위에서 하룻밤을 자고선 다시 아침에 돌아가기도 했다.

그렇게 이틀째였던가… 염을 한다고 들어와 직접 보라 했다.
어쩐지 내키지가 않아 멀찍이서 문틈 사이를 기웃거리는데 온몸을 칭칭 동여맨 채 정말로 꼼짝도 않고 있는 당신… 그런 당신의 허옇게 센, 숱이 적은 머리가 눈에 들어왔다. 밀랍인형처럼 굳어 있는 당신이 내가 알던 당신이 아닌 것만 같아 더는 시선을 줄 수 없어 슬그머니 고개를 돌려 버렸다.

경기도 어디쯤에 있는 납골당에 유골을 모시고 집으로 돌아가는 차 안, 출발 직전 시동이 켜지는 그때였다.

발 밑바닥에서부터 알 수 없는 무언가가 온몸을 흔들더니 갑자기 단숨에 식도까지 올라와 꿀렁꿀렁 요동을 치고선 울컥, 이내 울음으로 바뀌어 입 밖으로 터져 나왔다.

꺽꺽거리며 통곡을 하는 나를 그 누구도 멈추게, 그치게 할 수 없었다. 3일 동안 이상스러울 만큼 무심했던 내 울음보가 그제서야 소리를 내기 시작해서는 몸이 부들부들 떨리도록 눈물을 쏟아내었다. 수만 개의 유골함들로 빼곡히 채워진 아파트 같은 낯선 그 곳에 당신을 두고 가는 내가 너무도 낯설어, 잘 계시라는 단조롭고도 쉬운 인사를 할 수가 없었다.

손잡고 얼굴 만져줄 당신이 없는데 '안녕히 계세요' 라는 인사 뒤에 '또 올게요' 라는 말을 붙이는 건 내게는 거짓말이었고, 당신에게도 지킬 수 없는 약속이었다.

열 대여섯쯤이었던 것 같다.
행여나 손녀딸 공부하는 데 방해라도 될까 싶어 차마 등 밀어달라는 소리도 못하고 욕실에서 가만가만 몸에 물을 끼얹으시던 할머니. 뒤늦게 알고 부리나케 달려가, 너무 말라 나무껍질 같던 쪼글쪼글하던 등 위로 까끌까끌한 이태리 타올을 대고 있으면 금방이라도 부서질 것만 같아 쉽게 힘을 주어 밀어드리지 못했었다.

검버섯 가득 핀 고목 같던 등 위에 행여 생채기라도 낼까 봐서 조심조심 등 위에서 한참을 씨름하던 내 마음은 모른 채, 그 작은 목욕의자에 걸터앉은 당신은 안절부절못하며 행여 손녀딸 힘들까 싶어 이제 그만해도 된다면서 나를 재촉했었다.

미장원에서 자르고 온 머리가 마음에 들지 않아 하루 종일 빽빽거리며 울어대던 고집불통 일곱 살 적에도, 당신이 힘들이며 빨아준 실내화가 깨끗하지 않다며 투정을 부리던 쌀쌀맞던 열 네 살 적에도, 공부에 지쳤다는 핑계로 말도 잘 걸지 않던 열 여덟 살 적에도, 늘 곁에는 그런 나를 밉다 하지 않고 보듬어주던 내 '할머니'가 있어 맘놓고 떼를 썼던가 보다.

나이가 들면 귀가 잘 들리지 않는다는 걸 그때는 몰랐다. 알았다면, 조금만 더 빨리 알았더라면 당신 앞에 마주앉아 큰 소리로 말을 걸고 애길 들어주었을 것을… 밤이면 품으로 파고들어 쪼글쪼글한 젖꼭지를 조물거리던 다 큰 손녀딸의 손을 차갑다, 징그럽다 뿌리치지 않아준 당신이 있어 어쩌면 송곳같이 날카롭던 내 사춘기가 한결 견디기 쉬웠는지도 모른다.

캄캄한 방에 나란히 누우면 입버릇처럼 '할미 죽고 나서 후회한다' 엄포 주던 당신에게, '나 결혼해서 아기 낳는 거 보고 백 살도 넘게 살아야 한다' 며 말대꾸했었는데, 결국 당신 그 말만 내게 짐 지워 놓고 내 얘긴 모른 척 훌쩍 떠나버리고 말았다.

당신 등 위에서 천천히 길을 걷던 그 초록 장갑, 오늘은 내 손 위에서 오갈 데를 못 찾고 서성거리고 있다.

따뜻했어요. 당신 등 위에서, 당신 품 안에서, 내 손, 내 어린 날…

바로 어제, 서른이 훌쩍 넘은 여자의 생일이었다.

스물 아홉을 지나 앞자리가 바뀌고 난 후부터는 어쩐지 태어난 날을 챙기는 것이 그리 썩 유쾌하지만은 않아 '나 태어났소' 드러내 놓기가 민망해지던 참이었다.

그럼에도 불구하고 여기저기서 축하한다는 인사는 하루 종일 이어졌고, 케익이며 선물에 어떤 이는 생일축하 멜로디까지 딸린 메시지를 보내와 회의 중에 무심코 열어 확인했다가 화들짝 놀라

그대로 닫아버리고는 혼자 피식거리며 남들 모르게 웃음을 흘려
보내기도 했다.

일년에 한번 생일을 맞이하는 일은 마치 여행을 떠났다가 한번도
가지 않은 땅이며 하늘에 발자국 손자국 남기고는 해 질 무렵쯤
맑은 수채화 같은 하늘빛 올려다보면서 걷는 듯 뛰는 듯 두 발에
살짝살짝 박자 넣어주며 다시 집으로 돌아오는 길인 것만 같다.

일 초, 일 분, 한 시간이 팔천칠백육십 시간을 채워 나이 한 살 먹
었다며 꽝 하고 도장만 찍어주는 것은 아닐 터다.
끊임없이 초침이 움직이고 느릿느릿 분침이 가는 중에도 눈은 더
깊어지고 귀는 활짝 열리고 입은 꾹 다물 줄 알게 되는 것이 떠나
는 자가 발품 들여가며 길 위에서, 길 위의 사람들에게서 얻어오
는 전리품일 게다.

여행에서 돌아온 '나' 는 떠나기 전의 나보다 이미 더 자랐을 것
이며, 다시 찾은 집 역시 떠나기 전보다 더 넓은 쉼터로 나를 품
어줄 것이다.

누군가 여행을 떠날 때 행운을 빌어주며 하는 인사라고 하던가.
여행을 하던 중 버스 창문으로 'Bon Voyage' 라 적힌 간판을 마

주하고는 순간 그 낯선 도시가 주는 뜻밖의 선물에 잠시나마 행
복했었다.

케익 위에서 한 개씩 늘어가는 초를 보며 '나이'를 아까워하진
말자. 초가 하나 더 세워지면 그만큼 촛불도 하나 더 켜져 내 곁
에서 날 위해 박수 쳐주는 이들을 더 환하게 비춰줄 것이다.

도시에서 또 다른 도시로, 익숙한 사람들에게서 다른 말을 하는
사람들에게로 떠나고 돌아오고를 반복하는 일상 사이사이에서
의 여행에서 당신을 빈손으로 돌려보내는 일은 결코 없을 테니,
부디 '즐거운 여행' 하시기를.

기억과 시간의 반비례

당신의 시간이 나의 기억을 지우다.

나의 기억이 당신의 시간을 붙들다.

나의 시간이 당신의 기억을 엿보다.

당신의 기억이 나의 시간을 재촉하다.

어쩌죠…

나는 어쩌죠…?

화석처럼 굳어져야 하는데

이렇게 쉴 새 없이 움직여서,

자꾸만 움직이고 있어서.

그래도, 그대로 남아

일부러 그런 건 아니에요.

마지막 한 모금까지 다 마셨다 생각했는데,

그대로 남아버렸어요.

처음 그대로

흐트러지지도 않고.

… 당신인가요?

내 마음 밑바닥에 침전된 채로

아무리 그 미련을 모조리 마셔 없애도

끝까지 가라앉아 있는.

그곳엔 목련이 있었다

한 달 전쯤 동네에 목련이 핀 걸 보고는 너무 기뻐 그냥 지나칠
수 없어 사진을 찍어 두었었는데, 며칠 전 다시 보니 꽃잎은 온데
간데 없이 가지만 남아 있었다.

올해는 겨울과 여름 사이에서 너무 빨리 봄이 가버리고 말아 봄

처녀 다녀간 흔적 찾기가 어려웠던지라 동네 화단에서 발견한 그 새하얀 목련이 더없이 반가웠더랬다.

졸업한 지 벌써 십 년이 훌쩍 넘어버리고 재수했을 때 찾은 이후로는 발걸음 하지 않았던, 내 열일곱, 열여덟, 그리고 열아홉의 고등학교. 그 교정에 들어서면 그림처럼 커다란 버드나무 한 그루가 있었고, 운동장을 가로질러 건물 중앙 계단 양옆으로 눈꽃 같은 목련이 봄 하늘 아래 서서 아기 숨결 같은 바람이 불면 이따금씩 꽃잎을 떨구었다.

떨어진 꽃잎 하나 집어서 책갈피 사이에 넣고는 한 계절이 다 지나갈 때까지 잊고 있다가 가을이 올 때쯤 책을 펼치면 발그레하게 분홍빛으로 변한 꽃잎 하나, 시험에 파묻혀 한숨 내쉬던 단발머리 여고생에게 작지만 사치스러운 봄 선물이 되어 주었다.

지금은 뜨거운 봄 햇살에 행여 얼굴이라도 탈까, 이것저것 바르고, 검은 안경 쓰며 피해 다니기 급급한데 쉬는 시간마다 그 목련 아래서 차곡차곡 꽃잎 줍기에 바빴던 그때 그 여자아이는 어디로 숨어버린 걸까.

이젠 어느새 봄도 가버리고, 지글지글 땅 밑에서 여름이 오는 열기가 느껴지는데 어느 책갈피 사이에선가 숨겨둔 봄이 나올 것만 같아 몇 시간째 책장 앞을 서성거리고 있다.

비 냄새

비 오는 날
비릿한 비 냄새만큼이나
네가
좋아

.
　.
　　.

네가,
참
좋아

인연에게 묻다

인연은 연쇄방화사건처럼

가슴에 불을 지르고

제멋대로 춤을 춘다.

시작이야 어찌했든

눈을 뜨면 처음보다 더 낯선 당신이 있을 것이다.

나를 쳐다봐 주고

내가 바라봐 주고

그렇게 기다린 시간이 몇 십 년이라면

그 인연에 재빠른 계산 따위는 들이밀지 않아야 하는 것.

지난 인연은 궁금해 하는 것이 아니라

그저 멈추어 지켜보는 것인 걸 모르지 않을 텐데

어쩌자고 이 고갯짓을 그만둘 줄 모르는 걸까.

나는, 이러다가, 데이고, 말 것만, 같다.

사랑, 따위

사.람. 만큼 빨리 식어버리는 것이 있을까.

언제 알았냐는 듯이,
언제 대화했었냐는 듯이,
사랑이 아니라면,
추억은
처음부터 있지도 않았던 것이 되어버리고 만다.

사람이 식어버리기 때문에
사랑도 식어버리고 마는 거다.

잡아주지 않은 너에게도
모른 척하는 당신에게도
사랑은 겨우 사랑, 따위에 불과하다.

그러니,
나는 기억하기로 한다.
한여름 안에서도 뜨겁게 기억하기로 한다.

너의 생일

어젠,

친구의 생일이었다.

그 사실을 오늘 늦게야 알았다.

그것도 그 친구가 얘길 해준 순간, 아차.. 싶었다.

며칠 전까지만 해도 기억하고 있었는데

그래서 더 억울하고 화가 나

오히려 미안한 마음은 뒤로 밀려나 버렸다.

오늘은,

내 첫사랑의

…생일이다.

열세 살부터 시작되어 이십 대의 절반까지 계속되었던

'열세 살 그 아이'의 생일.

누군가의 생일을 기억하는 일이

점점

무뎌지고 있다.

나 역시

누군가의 기억 속에서

점점

옅어지고 있을 걸 알면서도

내심

나만은, 이라는 기대를 저버리지 않고 있다.

어쩔 수 없는 가여운 이기심…

오늘은

작년보다

감정선이 옅어져 버렸고

내년은

오늘보다

그 감정선이 보이지도 않을 만큼 더 많이 옅어져서

마침내는 뿌옇게 바래져 순식간에 부서져 버릴 테지…

붙잡고 싶은 기억이 많아서일까.

이렇게 네 생일을 잊어가는 시간이,

케익 위에 불 밝힐 초도 꽂아줄 수 없는 지금이,

내겐,

차마 삼킬 수 없어 입에 물고만 있는 가루약처럼

몹시도 쓰다.

아…

뼈 속까지 파고들었을 그 기억들이 머리 속에서 가물가물해지면
도대체 어디서 그리워해야 하고 어디쯤에서 아파해야 하는지
도통 알 수가 없어.

연극

마음이 어색했던 기억 앞에서
쉬쉬 가라앉혔던 대화를 다시 잇는다.

장난처럼
일상처럼
안부처럼
나는 속없이 웃어주고
그저 그렇게 주춤거렸다.

보이지 않는다고
말하지 않는다고
내 마음이 당신들처럼 씩씩한 건 아니야.

솔직하게 말해줄까?
몹.시.두.려.워.

버릴 수 없는 통증

아이스크림을 먹었다.

아니나 다를까, 금세 또 머리가 지끈거리기 시작한다. 두통이 올 때 아이스크림을 먹으면 더 심해지는 걸 알면서도 혀는 늘 그 맛을 끊어놓지 못한다. 아플 때마다 목으로 넘긴 두통약은 이젠 내성이 쌓여버려 쉽게 듣지도 않아 그저 반사적으로 입으로 털어놓고 마는데, 이럴 때마다 내 몸은 참 얄밉도록 민감하다.

아주 어렸을 적부터 내 머리에 머무르던 두통은 늘 고질병이었고, 그것은 항상 부록처럼 멀미를 달고 다녔었다. 차를 타고 한 시간이 넘어가면 귀 뒤쪽에서 벌레처럼 스멀거리며 기어올라오던 시큰거림. 그것은 곧 나를 차 한복판에서 패잔병으로 만들어버렸고, 수학여행이나 먼 거리의 방문은 그 시절의 내 또 다른 아킬레스 건이었다.

내게 있어 차를 타는 일은 마음을 단단히 먹지 않으면 안 되는 일인 만큼, 학교에 다니는 동안 다른 아이들에게는 신나는 일탈이었을 수학여행이 내게는 가장 많은 용기를 내야 했던 엄청난 모험이었다. 전날 약국에 가서 귀 밑에 붙이는 멀미약을 사고, 껌과 설탕에 절인 생강, 그리고 만약을 위한 네댓 개의 비밀봉지 뭉치까지 준비하고 나서야 잠자리에 들 수 있었다. 서너 시간은 족히 가야 하는 관광버스 안에서 웅얼웅얼 '나는 괜찮다'를 연신 되뇌며 스스로를 세뇌시켜야 했으니, 아이들과의 깔깔거리는 대화는 꿈꿀 수도 없었다.

학교를 졸업하고 직장을 다니면서부터는 가급적 지하철을 이용했는데, 야근이나 회식 후의 새벽 귀가 때는 지하철이 끊긴 상황이라 막막해질 수밖에 없었다. 특히, 특유의 경직된 휘발유 냄새와 함께 폐쇄공포증이 더해지는 택시의 좁은 공간에서는 이 삼십 분도 견디기가 어려웠다. 이렇게 몸이 의지와 상관없이 자동적으로 차를 거부하다 보니 웬만큼의 거리는 차라리 걸어가는 쪽을 택하게 되었고, 자연스럽게 걷는 걸 좋아하게 되었다. 정확히 말하면 즐기게 되었다고 하는 게 맞겠다. 걸으면서 마주치는 길과 담벼락과 나뭇잎, 그리고 사람들의 표정 하나하나까지 차를 타면 볼 수 없는 것, 보고 싶어도 너무 금방 휙 하고 지나가 버려 아쉬워했던 것들이 고개만 돌리면 눈길만 주면 모두 내 것이 되었다.

언젠가부터 차를 타면 으레 잠이 들었다. 차에서 잠에 빠지는 나에게 누군가는 싫은 소리를 하기도 해, 잠에서 벗어나려 부단히 노력하기도 했었다. 한의사인 친구는 진맥을 짚더니 내 위가 약하다면서 차만 타면 잠을 자는 내 습관이 멀미에 대한 방어기제(防禦機制)인 거라 했다. 멀미에서 벗어나기 위한 최소한의 몸부림… 도저히 감당할 수 없는 상황이 와도 한 가지쯤은 기댈 수 있는 것이 생기기 마련인 걸까.

그렇다면 최악의 어떤 날이 온다 해도 넋 놓고 주저앉지 않아도 되는 걸까. 하지만 매번 잠에 빠져드는 것처럼 그저 내 몸에 켜진 불을 모두 끄는 것으로 해결할 수 있는 것은 아닐 것이다. 일 분 일초의 잡을 수도 없는 시간 동안 상상도 할 수 없는 일들이 내게든 내 주위 지인에게든 혹은 얼굴도 모르는 저편 누구에게든 얼마든지 일어날 수 있다. 그것을 잘 추스르거나 해결하는 건 결국 각각의 몫이겠지만, 방어기제가 없다 해도 멀미를 고스란히 겪고 난 후 몸이 기억하는 그 통증마저도 버릴 수 없는 '내 것'인 거다.

끙끙거리며 아파했던 시간이 지나고서야 아프지 않은 시간도 기억할 수 있는 거니까.
웃을 수 있는 기억은 그렇게 만들어지는 법인 거니까.

하차

시외버스 터미널역입니다.

내리실 문은 오른쪽입니다.

내리실 때 열차와 승강장 사이를 조심하시기 바랍니다.

문이 열립니다.

안내방송의 여자가 시키는 대로 나는 조심, 조심 내립니다.

당신에게서…

일요일 아침

일요일의 아침을 좋아한다.

좀 더 정확히 말하자면 새벽이 끝나고 아침이 시작되기 바로 직전, 차가운 공기가 피부에 닿았을 때의 움찔한 촉감을 느낄 수 있는 그 짧은 순간을 좋아한다.

일주일에 한번 그 시간을 만끽하고 싶어 어떤 날은 꼬박 뜬눈으로 새벽이 끝나기를 기다렸다가 서서히 푸르스레하던 새벽이 걷히기 시작하면 밖으로 나갈 채비를 한다. 밤공기와 아침공기가 잠시 섞였다가 슬그머니 헤어지는 모습을 바라보는 것은, 마치 아무도 밟지 않은 하얀 눈 위로 조심스럽게 발을 내딛는 기분처럼 설레는 일이다. 밤새 소리도 없이 내린 눈을 가장 처음 발견한 사람만이 받을 수 있는 선물처럼, 다른 날보다 늦잠을 자는 사람들 속에서 오히려 더 일찍 깬 일요일 아침은 그렇게 몽땅 내 차지가 되고 만다.

일요일 아침을 좋아하기 시작한 건 열세 살 때부터였다.

같은 반 아이를 좋아하는 마음을 감출 수 없어 매일매일 고스란히 일기장에 적어 내려갔고, 그것은 보통의 어른들이 보기엔 열세 살짜리 아이가 꺼내 놓을 수 없는 일반적인 마음이 아니었던가 보다. 결근한 담임 선생님 대신 일일 담임을 맡아주신 다른 선생님 눈에 우연히 그 일기장이 눈에 띄었고, 그 다음날 담임 선생님께 내 일기장을 보여주며 너무도 심각한 눈짓으로 날 가리키셨으니까. 어쩌면 상담이 필요했다 생각하셨을지도 모를, 다른 아이들보다 '문제'가 있는 아이로 여겨졌던 것인지도 모르겠다.

그 아이와 난 같은 아파트 단지에 살았다. 우리 집에서 5분쯤 걸어가면 그 아이의 집이었고, 그 바로 옆 상가건물 2층에 내가 다니던 피아노 학원이 있었다. 피아노 학원을 갈 때마다 항상 그 아이가 사는 집을 올려다보는 것이 버릇이 되었을 만큼 스물 네 시간 내내 쉬지 않고 그 아이를 생각했던 것은 결코 과장이 아니다. 너무 오래된 기억이라 부풀려 말하는 것이 아니냐고 한다면, 그때의 내 마음이 그 정도로 팽팽하게 부풀어 있었다고 하는 것이 정확할 것이다.

참으로 한결같이, 그리고 고단하게 좋아했었다.

일요일엔 학교에서 그 아이를 볼 수 없으니, 그 아이가 사는 집 근처에라도 가 있고 싶어 일요일 이른 아침마다 산책을 나가기 시작했다. 10동 608호. 아직도 기억하는 그 아이의 집. 한번은 마음 놓고 올려다보고 있다가 그 아이가 갑자기 문을 열고 나오는 바람에 서둘러 자리를 떴던 적도 있었다. 짝사랑은 아니었다. 서로 어렴풋이 느꼈던 감정과 알 듯 모를 듯 했던 행동들과 우리 둘 사이를 공식화해 주던 주위의 장난스런 놀림도 있었으니까. 하지만 그 아이도, 나도 서로에게 단 한번도 '좋아한다' 라고 말을 했던 적은 없던 것 같다. 그저 지금 드는 생각은, 아마도 내 마음이 열 배는 더 컸을 거라는 것.

하지만 누가 더 많이 좋아했던가는 중요하지 않다. 그 상대가 '너' 였다는 것도 지금의 내게는 절대적이지 않다. 일요일 아침마다 두근거리며 너를 찾아가던 열세 살 그 여자아이의 부지런했던 마음. 무모할 만큼 열심히 좋아했던 그 마음이 그리 많이 변하지 않은 채로, 다치지 않은 채로 지금까지도 내 안에서 날 품어주고 있다는 것이 그저 고마운 거다, 다행스럽게도.

알아주지 않는 마음을 원망했던 당신들은 분명 있었다.
그곳에, 그 시간에, 그때의 내 안에.
그리고 그런 당신들 덕분에 한 겹 한 겹 뜨거운 이야기로 가슴을

데워 이렇게 한 가닥 한 가닥 다시 또 가슴에 수를 놓는 지금의
내가 여기 있다.

내일, 일주일 만에 다시 일요일이다.
한동안 창 안에서만 바라보던 그 이른 아침을,
오랜만에 직접 만나러 나갈 것이다.
운동화 끈 질끈 동여매면,
씩씩하게 걸을 수 있어.
따뜻하게 웃을 수 있어.
네 앞으로, 네 앞에서.

천 천 히 가주세요

운전을 할 줄 모르는 나는

사이드미러로 보이는 뒤차가

얼마나 멀리 있는지, 얼마나 가까이 있는지

가늠할 수 없습니다.

바로 앞의 횡단보도는 아직 멈추라 하지 않습니다.

당신의 손은 능숙하게 핸들을 잡고

당신의 발은 적당한 무게로

엑셀레이터 위에 얹어져 있습니다.

당신은 내 눈이 두리번거리는 걸 아는 척하려 들지 않습니다.

하지만,

나는 내 앞의 신호등을 보는 것만으로도

너무 바빠 눈이 아플 지경입니다.

입을 꼭 다문 당신의 표정은

그대로 굳어져 고개를 돌릴 줄 모르는 석고상같이

앞을 향해 있습니다.

당신은,

나를 궁.금.해 하지 않습니다.

당신이 핸들을 꺾기 전에

나는 당신이 가려는 길을 알아야 합니다.

빨간 불과 파란 불 사이에서

어림짐작 당신의 마음을

조금이라도 먼저 눈치채어야 합니다.

혹시 당신,

나를 못 본 것은 아닌가요?

당신 바로 뒤에서 신호에 걸릴까 조바심 내며
손에 땀이 차도록 당신 옷자락을 붙들고 있는 나는
순식간에 달아날 것만 같은 당신 때문에
헉헉, 숨이 차오릅니다.

제발, 천 천 히 가주세요.

이렇게, 제자리

날아갈 수 없는 새처럼,
헤엄칠 수 없는 물고기처럼,

단 한번의 날갯짓도
단 한번의 헤엄질도
허공 위에서 떠돌다
바람 한 줄에 뱅그르르____
한 바퀴를 돈다.

다시 제자리.
다시 그 자리.

네게 마음이 묶여,
오도 가도 못하는 나인 것만 같아
눈물이 핑그르르_____

돈.다.

화가의 손

세계 7대 불가사의, 신들의 도시라 불리는 앙코르와트.

그곳을 찾은 이유는, 영화 〈화양연화〉 때문이었다.
영화의 마지막에 그곳을 찾아갔던 '양조위'만 아니었다면
이곳을 찾는 일은 아예 없었거나 아니면 한참 뒤로 미뤘을 만큼,
당시 복잡했던 내 생각의 무게를 가볍게 해줄지도 모른다는
일말의 기대와 설렘으로 비행기를 탔었다.

그렇게 찾아간 사원의 구석 한 켠에서

마치 스스로 조각이 되어 버린 것처럼

너무도 조용하게 무언가를 그리고 있던 젊은 화가를 보았고,

그의 손끝에서 그려지던 그림이 눈에 들어왔다.

그 순간, 새하얀 종이 위에서 움직이는 화가의 검게 그을린 손이

사원 안의 그 어떤 유물보다 더 경이롭게 느껴졌던 건,

과거에 연연해하며 기억의 끝자락에 얽매여 있던 내가

화가의 정갈한 그림과 마주한 그때,

너무도 작고 초라한 생각에 사로잡혀

아무것도 하지 않고 있었다는 걸 알아버렸기 때문이다.

뜨거운 햇살을 온몸에 받아가며

오랜 시간 묵묵히 한 장 한 장 그려나갔을 화가는

조금씩 훼손되어가고 있던 그곳 '과거'의 유물을

종이 위에 '현재'로 옮겨와

상처를 보듬어주고 있던 건지도 모른다.

어쩌면 세상의 '독'에 중독되어 그곳을 찾는 사람들에게

화가의 손끝이 만들어내는 그 '씻김'의 행위가

다음 세상으로 발 디딜 수 있는

단 하나의 해독제가 될 수도 있다는 것을 알고 있을까.

과거를 찾아가는 길에서, 당신도 나도,
단순히 '과거' 만을 만나는 것은 아닐 것이다.

회복기

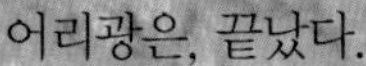

어리광은, 끝났다.

온몸이 빨개지도록

이젠 혼자서

걸어갈 거야,

뛰어갈 거야.

다시는,

무책임한 그대들에게

손 내미는 일 따윈

절대 없을 거야…

손톱

"깎아줘."

처음이었다.
내게 먼저 손을 내민 건.

또각또각,

내 손에 붙잡힌 너의 손에서

초승달 같은 하얀 손톱이 떨어진다.

“아야”

손톱 옆 멀쩡한 살점을 잘라낸 내 헛손질과 동시에

네 단말마의 비명이 바로 천장까지 치솟는다.

입어보기 전까진 알 수 없었을

까슬까슬 목이 잔뜩 조이는 스웨터처럼

바라보는 마음에서 손으로 만져지는 마음이 되어가는 찰나,

때때로 의도하지 않은 상처를 입히고,

받고 싶지 않은 상처를 입곤 한다.

일부러 그러했든, 어쩔 수 없이 그리 되었든

그 짧은 시간 안에서 새살은 성큼성큼 돋아나고,

내 앞의 당신들은 언제 그랬냐는 듯이

또다시 길어진 손톱을 내밀 것이다.

손톱만큼의 상처가 아무는 시간만큼

아팠던 시간도, 슬그머니 가라앉을 것이다.

연애질

"그럼 우리 사이는 뭐라고 해야 하죠?"
"그냥 연애질이지, 뭐…"

시시때때로 찾아 드는 모든 설렘에 사랑이라 이름 붙일 수야 없겠
지만, 동시다발적으로 그리고 한번 시작되면 끝을 맺기 어려울 만
큼 깊게, 깊게 빠져들 수밖에 없는 마약과도 같은 사랑이 있다.

연애에서 연.애.질.로 수직낙하 해버린 마음이라 해도 나는, 당신
이 내민 썩은 동아줄에 매달릴 수밖에 없다.

사랑이 아닌 연애질로 단정해버린 그 사람도 결국엔 내 마음과 닮아갈 거라고 확신부터 해버린 건, 이미 호감과 사랑을 구별해 낼 수 없을 만큼 타닥타닥 타버린 감정선을 다시 이어 되돌려 시작하기엔 너무 늦은 탓이었다.

몇 번의 영화, 몇 번의 저녁, 가끔씩 퇴근길 지하철에서의 짧은 동행이 전부인 채로 가을에 시작된 연애질은 겨우 한 계절을 붙잡아 겨울에 끝나 버리고 말았다.

내게만 웃어주었다고 믿게 해 놓고, 내게만 친절한 거라고 믿게 해 놓고, 내게만 걱정을 해주는 거라고 믿게 해 놓고, 나를 보고 있는 거라고 믿게 해 놓고... 너무나도 진짜 같아서 조금도 의심하지 못하게 만들어 버리고는 이렇게 날 방.치.해 두었다.

아무 일 없던 것처럼 다시 그 가을의 처음으로 돌아가고 있는 당신과 나는, 이 억지스러운 연극을 언제 끝내야 할지 몰라 대사를 잊어버린 배우처럼 무대 위에서 입술만 달싹거리고 있다.

아아…
가을에 시작했던 마지막을 돌려주고 왔다.

모모

그가 내게 물었다.

…기억나니?

어찌 된 일인지 아무것도 떠오르질 않았다.

기억상실증에라도 걸려 버린 걸까.

시간에 기대어 살던 내가 시간을 잃어버리고 허둥대고 있다.

한낮의 태양 아래 멈춰버린 시계처럼,

아무래도 그는,

내게서 오래 버티지 못할 것 같다…

12
11   1
10   2
9   3
8   4
7   6   5

뜨거울 수 없어 시린

찰싹,

파도 치듯 가슴을 때리고 갔다가

다시 철떡철떡 내게로 와

네 파랗고 파란 심장 속으로

나를 잡아 끌고 들어간다.

숨 쉴 공기 하나 없는 채로

무작정 너에게 뛰어들게 만들고는

헤엄쳐 나갈 수도 없어

나는 네 손바닥 위에서 뻐끔거리며

아가미도 없이 겨우 숨만 쉬고 있다.

차가운 내가

차가운 너에게 파고들어

온몸이 하얗게 부서지도록 안고 있어도

우리는 온.전.히. 뜨거울 수 없다...

누군들 처음부터 뜨겁지 않았겠느냐고,
그저 주위를 덮고 있던 온기가
틈새 사이로 서서히 빠져나가는 것뿐인 거라고,
무심한 위로 앞에서
이렇게 점점 무심한 너와 내가 되어버리고 만다.

여전히 삐죽 솟아오르는 불덩이 같은 마음 끝자락,
보이지 않는 곳에 숨겨두고
내내 이리도 시린 채로 몸서리치고 있다.

졸음

꾸벅꾸벅…

묵은 단비처럼

눈꺼풀 위로

네가 한꺼번에 쏟아져 내리면

영영 너에게서 깨어나지 못할지도 몰라.

소나기를 망설이다

쏟아지는 비 앞에서
선뜻 우산을 들 수는 없었습니다.

망설이는 분초...
그 사이에 잠깐이라도 당신이 왔다 갈까 봐서
나는 쉽게 우산을 들고
저 쏟아지는 비 속으로
아무렇지 않게 걸어갈 수는 없습니다.

말 걸어주기를,
내 어깨에 손 올려주기를,
비가 오던 그때처럼 그래 주기를.

그러나 그 무수한 날들 속에 내리던 비와
지금 내 손바닥을 흥건하게 적셔오는 이 비가

같을 수는 없는 거겠죠.

마치 그때의 당신과 지금의 당신이

다.르.듯.이.

그래서 내겐 매일매일이 비가 내리고

매일매일이 비가 내리지 않는 날들일 수밖에 없습니다.

오직 혼자만 기억하는 시간은

내게는 독이 될 수밖에 없단 걸 이젠 알면서도

당신은 쉽게 펼칠 수 없어 무겁기만 한

내 손 안의 우.산. 입니다.

완벽한 진심은 어려운가

지인(知人) 중에 이미 두 장의 앨범을 낸, 한국대중음악상을 수상
하기도 했을 만큼 꽤 실력 있는 밴드를 하는 이가 있는데, 2001
년 한 잡지에서 나는 영화 칼럼을, 그는 음악 칼럼을 쓰며 인연을

맺었었다.

한동안 연락이 뜸해 궁금해 하던 차에 얼마 전 갑자기 메신저로 말을 걸어와 반가워하던 참이었는데, 대화를 주고받으며 어딘가 이상하다 느낀 건 그의 느닷없는 '반말'과 온통 모호한 '단어'의 흘림이었다. 처음 만났을 때부터 서로 존대를 하던 사이였기에 갑작스레 변한 그의 태도에 몹시 당황할 수밖에 없었다.

하지만 한참의 대화 끝에 알아차린 건 최근 빈번히 일어나고 있는 '지인사칭 사기'였다는 것.

대화하는 것만으로도 사람을 기쁘게 해주는 사람이었던, 소년 같은 미소를 띄고, 느릿느릿 낮으면서도 정확한 어투로 사람을 대하던 내가 아는 사람 중 가장 아름답고 존경할 만한 사람이라 말해왔던 그를, 아주 잠깐이었지만 그 '인간됨'을 의심했던 단 몇. 분.이 내겐 스스로에게 실망스럽고 그에겐 두고두고 미안한 일이 되고 말았다.

그의 앨범 부클릿(booklet) 마지막 장 'thanks to'에 항상 잊지 않고 내 이름을 써주던 그 마음을, 앨범이 나올 때마다 만나서 직접 싸인을 해주던 그 친절을 알면서 나는 어쩌자고 무턱대고 그 오랜 진심을 헷갈려 했던 걸까.

무조건적인 신뢰와 지지로 응원하는 사람이 있다 자랑했었는데,
결국 누군가를 온전히 완벽하게 믿어준다는 것은 어려운 것일까.
내 머릿속 얄팍한 도마 위에서 자신도 모르게 상처 입었을 그 사
람에게 그가 쓴 노랫말처럼 '나의 차가운 피를 용서해' 달라 말
한다면 너무 염치없다 할까 그조차도 미안하고 또 미안하다…

Pheromone

나는 이젠 좀 행복해져도 되지 않을까, 라고
당신들에게서 좀 멀리 떨어져도 되지 않을까, 라고
이리저리 날아다니던 마음들을 꽁꽁 가두어도 되지 않을까, 라고
부딪혀도 부서지지 않을 정도로 강해져도 되지 않을까, 라고

생각 중이야.
다짐 중이야.

진심으로,
내 p.h.e.r.o.m.o.n.e. 이
더 이상 화학반응을 일으키지 않길 바래.